Petra Weise

Der andere Vater

Roman

Bibliografische Information der Deutschen Nationalbibliothek
Die Deutsche Nationalbibliothek verzeichnet diese Publikation in der
Deutschen Nationalbibliografie; detaillierte bibliografische Daten sind im
Internet über http://dnb.dnb.de abrufbar

ISBN 9-783744-895705

–

Verstehen kann man das
Leben rückwärts,
leben muss man es aber vorwärts.

Sören Kierkegaard

1997 - Marion

„Warum weinst du?", fragte mich Tante Amelie streng.

Fassungslos schaute ich meine Tante an. Wie sollte ich nicht weinen? Mein Vater war gestorben, ausgerechnet an meinem zwölften Geburtstag. Ich wartete am Fenster auf ihn, weil er mir eine Überraschung versprochen hatte. Es wurde Zeit, die Torte anzuschneiden. Doch statt Vater kamen zwei Polizisten und kurz darauf Tante Amelie. Sie sagte, dass Vater tot sei, es habe einen Unfall gegeben.

Und heute wurde er beerdigt. Ich durfte nicht mit zum Friedhof, das sei nichts für Kinder.

„Nimm dir ein Beispiel an Heike, die macht nicht solch ein Theater wie du, obwohl es *ihr* Vater ist."

Heike war meine kleine Schwester. Sie war vier Jahre jünger als ich und ein sehr stilles Kind, das kaum redete. Alle in der Verwandtschaft verhätschelten sie, weil sie so niedlich aussah mit ihren blonden Locken und ihren blauen Kulleraugen. Meine Augen waren braun. Locken hatte ich ebenfalls, doch die waren schwarz. Ich liebte sie, denn keiner in meiner Familie hatte schwarze Haare. Alle waren blond und blauäugig. Auch unser Vater.

Was hatte die Tante gesagt? Obwohl es ihr Vater ist?

Ich schrie meine Tante an: „*Mein* Vater ist er auch."

„Eben nicht", brummte die Tante.

„Was? Was hast du gesagt?"

„Nichts habe ich gesagt. Halt deinen Mund, du freches Kind! Putz dir die Nase und geh mir aus den Augen!"

Sie packte mich derb an den Schultern und schob mich zur Tür hinaus. Was sollte ich hier draußen? Ich hatte strenge Order, das Haus der Tante nicht zu verlassen. Doch ich hatte es nicht verlassen, ich wurde hinaus geschoben. Also konnte ich meiner Wege gehen. Die Erwachsenen würden es sowieso nicht merken, denn nach der Beerdigung folgte die Trauerfeier. Die Mutter wollte mich nicht sehen, das war mir klar. Ob ich zu Oma laufe?

Die Oma wohnte im Nachbardorf, sicher eine Stunde Fußmarsch von hier. Ein Fahrrad besaß ich nicht und das der Tante wagte ich nicht zu benutzen. Nun, ich hatte ohnehin Zeit und machte mich auf den Weg. Ich lief gleich quer übers Feld und kürzte dadurch ab. Allerdings ließ es sich auf dem Acker nicht gut laufen. Immer wieder knickte mein Fuß um. Verlaufen konnte ich mich nicht, denn die hohe Esse wies mir den Weg.

In der Schule hatte man uns erzählt, dass es der höchste Ziegelschornstein der ganzen Welt sei. Mir war das gleichgültig.

Endlich erreichte ich das Dorf und kam nun auf der glatten Straße besser voran. Ich betrat Omas Wohnung, doch ihre Tür war verschlossen. Ich rüttelte an der Klinke, doch es half nichts, die Tür war versperrt. Wütend pochte ich mit der Faust gegen das Holz und trat schließlich mit dem Fuß dagegen.

„Was ist hier los?", wollte die Nachbarin wissen, die sich mit Oma die kleine Wohnung teilte.

„Ach, du bist es, Marion." Sie streichelte meine Wange und schob mir eine Locke hinters Ohr.

„Meine arme Kleine, deine Oma ist doch auf der Beerdigung. Weißt du das nicht?"

Daran hatte ich gar nicht gedacht und musste plötzlich weinen.

Die Nachbarin streichelte mich wieder. „Willst du einen Keks?"

Ich schüttelte den Kopf und lief hinaus.

Neben Omas Haus befand sich der Bahndamm. Er hieß Bahndamm, obwohl er eigentlich kein Damm, sondern eine tiefe Schlucht war, in der ganz unten die Schienen entlang liefen. Dort verunglückte vor vielen Jahren eine von Omas Töchtern tödlich. Sie fuhr mit ihrem Fahrrad über die Brücke, die über die Schlucht führte, wich einem LKW aus und rutschte die Felsen hinunter. Man konnte ihr nicht mehr helfen. Oma hatte das damals vom Fenster aus beobachtet. Sie sah es gar nicht gern, wenn ich den schmalen steilen Pfad nutzte, um oben an der Schlucht entlang zu klettern. Von dort gelangte ich auf einen Hang, der am Bach endete und den ich leicht überspringen konnte. Dann war es nicht mehr weit bis zu meinem geheimen Platz zwischen dichten Sträuchern. Hier fand mich keiner, denn die Sträucher hatten Dornen und hielten Mensch und Tier fern. Ich hatte mir ein Brett besorgt, auf dem ich bequem sitzen und die Straße unten im Tal beobachten konnte.

In meine Gedanken versunken hockte ich auf dem Brett und zog vorsichtig ein paar Dornen aus meinem linken Unterarm. Ich musste nachdenken - und zwar über die Worte der Tante. Sie hatte zu mir „eben nicht" gesagt, und zwar genau in dem Moment, in dem ich über den verstorbenen Vater sprach. Hieß das, dass mein Vater gar nicht mein Vater ist? Das konnte ich mir überhaupt nicht vorstellen. Ich liebte meinen Vater sehr. Aber liebte er mich ebenfalls? Väter lieben immer ihre Töchter. Doch wenn ich nun gar nicht seine Tochter bin?

Der Vater war ein sehr ernster Mann, der nicht viele Worte machte. Wenn er am Nachmittag von der Arbeit kam, las er die Zeitung und durfte dabei nicht gestört werden. Danach lief er zum Stadtrand, wo er einen kleinen Garten hatte und es immer etwas zu tun gab. Manchmal half ich ihm. Ich lernte schnell, Unkraut von Nutzpflanzen zu unterscheiden. Am liebsten half ich bei der Ernte der Stachelbeeren. Mir machten die Dornen nichts aus. Jedenfalls nicht die an einem Strauch.

Im Moment fühlte ich nicht die Dornen, die meinen Arm zerkratzt hatten, sondern die, die tief in mein Herz stachen. Mein ganzer Körper tat mir weh und ich drückte mit beiden Armen gegen meinen Bauch und gleichzeitig meine rechte Hand auf die Brust.

Ich dachte an meine Schwester, die so ganz anders aussah als ich. Sie war kräftig und blond wie unsere Mutter, der Vater und die Oma. Alle waren sie groß und stämmig, ich dagegen eher klein und zierlich.

Es störte niemanden, dass Heike nicht sprach, ständig ihre Hände versteckte und immerzu in ein Buch schaute.

Ich dagegen wurde für alles gerügt, getadelt und zurechtgewiesen. Nichts machte ich richtig, alles machte ich falsch. Heike machte nichts falsch. Sie zog es vor, gar nichts zu tun.

Als es dunkel wurde, kroch ich aus meinem Versteck und schlich zu Oma. Sie schlug die Hände über dem Kopf zusammen.

„Mädchen! Wo kommst du denn her? Wie siehst du überhaupt aus?"

„Oma, ich bin so traurig", schluchzte ich.

„Ich weiß, mein Kind. Jetzt geh dich waschen!" Sie drückte mir ein frisches Handtuch in die Hand und schob mich aus der Tür.

Als ich zurück kam, stand eine Tasse Kakao auf dem Tisch und daneben ein Kräbbelchen, das ich so gern aß. Oma buk jede Woche Kräbbelchen und ich war überzeugt davon, dass sie es nur mir zuliebe tat.

„Tante Amelie sagt, Vater wäre gar nicht mein Vater und ich hätte keinen Grund zu weinen."

„Was redest du da, du dummes Ding?"

„Aber ..."

„Nichts aber! Du isst jetzt und kaust ordentlich! Beim Essen spricht man nicht, weißt du das nicht?"

Ich nickte. Erst, als ich aufgegessen und meinen Kakao ausgetrunken hatte, wagte ich eine weitere Frage.

„Warum bin ich die Einzige in der ganzen Familie, die schwarze Haare hat?"

„Du fragst seltsame Dinge, Mädchen."

„Nein, es ist seltsam, dass ihr alle blond und groß seid und ich dunkel und klein."

„Genug von den Albernheiten!" Omas Stimme klang streng.

„Ich weiß aber, dass die Eltern erst lange nach meiner Geburt heirateten."

„Deine Mutter wollte schlank sein."

Darauf wusste ich nichts zu sagen.

„Ich rufe jetzt Amelie an und sage ihr, wo du steckst. Sicher ist sie schon krank vor Sorge."

Das glaubte ich allerdings nicht und verdrehte die Augen.

„Du schläfst heute Nacht bei mir", bestimmte die Oma.

Sofort hatte ich gute Laune, denn eigentlich sollte ich zwei volle Tage und Nächte bei der Tante bleiben.

„Darf ich mit zu dir ins Bett? Bitte, Oma!"

„Nein, du redest nur dummes Zeug. Du schläfst auf der Couch!"

Ich nickte, obwohl mir das gar nicht gefiel. Doch alles war besser als zurück zu Tante Amelie zu müssen.

Ich hatte schon oft bei Oma geschlafen und mir früher mit ihrem jüngsten Sohn Martin das Zimmer geteilt, in dem jetzt die Nachbarin wohnte. Bis zu meinem Schulanfang lebte ich bei ihr, obwohl Mutter nach Heikes Geburt nicht mehr arbeiten ging. Das kam mir jetzt seltsam vor. Früher hatte ich nie darüber nachgedacht.

Das lag wohl daran, dass ich mich bei meiner Oma so wunderbar wohl fühlte. Zwar war sie streng und hatte eine lockere Hand, die schnell und unvermittelt in mein Gesicht oder in das von Martin klatschte. Doch sie hatte viel Zeit für mich, hörte mir zu. Sie saß den lieben langen Tag und oft bis in die Nacht und strickte für die Leute Pullover, Kleider und Decken. Bei komplizierten Mustern durfte ich sie nicht stören, dann saß ich still neben ihr und sah ihr zu. Am liebsten strickte sie Babykleidung, sogar kleine Schuhe fertigte sie geschickt. Bereits mit drei oder vier Jahren verstand ich ebenfalls, mit den Stricknadeln umzugehen und fummelte für meine Puppe ganz viele bunte Kleider zusammen.

Kurz vor dem Schulanfang holte mich Mutter zu sich in die Stadt. Sie lebte in einer schönen Wohnung in einem Altbau. Das Treppenhaus war zwar sehr finster, doch die Zimmer wunderbar groß und hell. Im kleinsten Zimmer mit Blick zur Straße stand mein Bett. Doch ich war glücklich, hatte sogar einen eigenen Schreibtisch, wo ich malen und meine Hausaufgaben machen konnte.
Und ich hatte plötzlich eine Schwester. Heike war bereits zwei Jahre alt und sah aus wie ein kleiner Engel mit blonden Locken und blauen

Kulleraugen. Doch am Allerschönsten fand ich, dass ich nun auch einen Vater hatte wie alle anderen Kinder auch. Ich weiß nicht mehr, ob mir jemand sagte, dass er mein Vater sei oder ob ich ihn einfach Papa nannte, weil es Heike tat. Für mich gehörte er ganz selbstverständlich dazu, denn jede Familie bestand aus Vater, Mutter und Kind. Jede.

Und nun stimmte das alles nicht mehr. Vater war gestorben und ich wusste nicht, wie es ohne ihn weitergehen sollte. Ich weinte viel.
Heike weinte nicht. Vermisste sie ihren Vater nicht? Oder fühlte sie nichts? Sie saß meist in irgend einer Ecke und las in einem Buch. Selten schaute sie auf, noch seltener sprach sie mit mir und am allerwenigsten ging sie mit mir hinaus auf die Straße oder in den nahen Park. So war sie schon immer, auch vor Vaters Tod. Alle Leute liebten und trösteten sie, obwohl sie gar nicht weinte.
Mich tröstete keiner. Durch mich sahen sie hindurch, als wäre ich überhaupt nicht vorhanden. Dabei war ich ein sehr lautes Kind, das schnell wütend wurde, wild um sich trat und hemmungslos schrie. Dann wurde ich ausge-schimpft und zurechtgewiesen. Meist lief ich ohnehin hinaus auf die Straße und spielte dort mit den Nachbarskindern.

Nach Vaters Tod kümmerte sich Mutter kaum noch um uns. Sie schloss sich in ihrem Zimmer ein, sobald sie die Wohnung betrat. Manchmal hörte ich sie weinen. Ich musste für mich selbst und auch für Heike sorgen, machte ihr am Abend eine Schnitte und schickte sie ins Bett.

Wenn wir morgens aufstanden, war Mutter schon zur Arbeit gegangen. Auf dem Tisch stand unser Frühstück: kalter Kakao, Cornflakes und unsere Schulbrote.

Die Hausarbeit blieb allein an mir hängen. Schon früher hatte sich Mutter nicht um den Haushalt gekümmert. Sie konnte weder putzen noch waschen und schon gar nicht kochen. Das erledigte alles der Vater.

Vater. Ich musste herausfinden, ob er mein Vater war oder nicht. Also nahm ich all meinen Mut zusammen und stellte mich eines Tages der Mutter in den Weg, bevor sie in ihrem Zimmer verschwinden konnte.

„Wer war mein Vater?", schrie ich sie an.

Zuerst schaute sie wie üblich durch mich hindurch. Dann veränderte sich ihr Blick und ich erkannte kalten Zorn in ihrem Gesicht. Noch ehe ich zurückweichen konnte, schlug sie auf mich ein. Sie zielte nicht, sondern drosch mit den Fäusten auf meinen Kopf, in mein Gesicht, auf meine Arme und den Rücken. Ich war so überrascht, dass ich nicht auf die Idee kam, mich zu wehren oder wenigstens zu schützen. Niemals wieder wagte ich, die Mutter nach meinem Vater zu fragen.

2017 - Zwanzig Jahre später

Ich stehe an Vaters Grab und betrachte das Durcheinander von Unkraut und vertrockneten Blumen. Am Rand hängen welke Köpfe von Stiefmütterchen über den Stein. Wer war nur auf die Idee gekommen, hier Stiefmütterchen zu pflanzen? Meine Mutter bestimmt nicht, die kümmerte sich nie um das Grab. Ob Heike hierher kommt? Sie weiß sicher nicht, dass Vater keine Stiefmütterchen mochte. Mich wundert, dass sie überhaupt noch blühen. Bisher glaubte ich immer, es wären Pflanzen für das Frühjahr. Jetzt im November hätte ich Erika gesetzt oder noch besser, das Grab gleich abgedeckt.

Ich verstehe nicht, warum Mutter das Grab behalten will. Will sie etwa, dass ihre Urne mit hier hinein kommt? Wir haben nie darüber gesprochen. Wozu auch?

Vater wäre verärgert über das viele Unkraut auf seinem Grab. Es überwuchert schon die Randsteine. Ich kauere mich an die Seite und zupfe an einem Halm, doch er bricht und lässt seine Wurzeln in der Erde.

Ich habe Chrysanthemen mitgebracht, finde aber keine Vase, um sie hineinzustellen.

Ob ich zur Friedhofsverwaltung gehe und das Grab pflegen lasse? So kann es jedenfalls nicht bleiben, doch säubern will ich es nicht. Was wird wohl aus Vaters Garten geworden sein? Ich war nach seinem Tod nie wieder dort und habe auch sonst nie mehr in einem Garten gearbeitet. Außerdem ist es gar nicht meine Aufgabe, mich um das Grab zu kümmern.

Am Ende ist es nicht einmal mein richtiger Vater. Sechs Jahre lang hat er sich um mich gesorgt, doch das ist inzwischen zwanzig Jahre her.

Heike sollte sich kümmern. Sie ist eindeutig seine Tochter, so groß und blond und still - wie Vater. Nun ist er tot. Manchmal glaube ich, Heike mag die Toten lieber als die Lebenden. Sie unterhält sich nicht gern mit den Menschen, die Toten sind ruhig und stören niemanden.

Ich mag die Ruhe nicht. Ich brauche Leben um mich, je lauter desto besser. Trotzdem schlendere ich langsam und ziellos über den Friedhof und ärgere mich, dass mir niemand begegnet. Ich hätte Zeit und Lust, mich mit jemandem zu unterhalten.

Pflegeheim

„Mutter, ich war auf dem Friedhof und habe bei Vater frische Blumen hingelegt."
Sie sitzt in ihrem Sessel am Fenster und dreht sich nicht zu mir um. Das bin ich gewöhnt. Dennoch gehe ich zu ihr und umarme sie. Wie immer zuckt sie zurück. Sie will diese Nähe nicht. Will sie gar keine Nähe oder liegt es an mir?
Sie seufzt. „Mario."
„Ja, Mutter?"
Wieder seufzt sie und schaut wie entrückt hinaus in den Park.
„Friedhof. Nein, das glaube ich Ihnen nicht", sagt sie mit fester Stimme und schaut mich endlich an. Es ist ein strafender Blick.
„Was glaubst du nicht, Mutter?"
„Ich glaube nicht, dass Mario auf dem Friedhof liegt. Dazu ist er viel zu jung. Das ist kein Alter zum Sterben."
Jetzt bringt sie alles durcheinander. Meinen Namen und Vaters Tod. „Du hast Recht, Mutter", bestätige ich schnell.
Vater ist nur 47 Jahre alt geworden, das ist wirklich kein Alter zum Sterben. Doch was faselt sie von einem Mario? Ich habe zwei Mal

deutlich Mario verstanden, nicht Marion.

Sie schreit: „Sie lügen! Gehen Sie mir aus den Augen!"

Wütend schaut sie mir ins Gesicht und zeigt mit der Hand auf die Tür. „Gehen Sie! Sofort!"

Dann sinkt sie in sich zusammen und weint. Ich kauere mich zu ihren Füßen und lege meine Hände auf ihre Knie. Sie wischt sie sofort weg.

„Ich weiß, dass du Marion bist. Mir fehlt mein geliebter Mario. Er war mein Leben. Nach all den Jahren ..."

Unvermittelt bricht sie ab.

„Mutter, wer ist Mario?"

Sie antwortet nicht, hat wieder ihren glasigen Blick und schaut wie abwesend aus dem Fenster.

Wer ist Mario?

Ich muss das wissen und fahre zu Oma. Sie sitzt in ihrem Sessel und strickt. Das alte gewohnte Bild, das sich seit meiner frühesten Kindheit in mir festgebrannt hat. Ich fühle mich sofort ruhig und wohl. Mürrisch schaut sie kurz auf, um sich gleich wieder auf ihre Arbeit zu konzentrieren. Wie immer wirkt sie unfreundlicher als sie ist.

„Oma, wie geht es dir?"

„Die Finger wollen nicht mehr so recht, die Augen auch nicht."

Oma ist 75 Jahre alt. In diesem Alter ist es wohl normal, dass die Sehkraft nachlässt.

„Warum trägst du keine Brille?", will ich wissen.

Sie winkt ab, blickt aber nicht auf von ihrer Arbeit.

„Setz dich zu mir, Mädchen, und erzähle mir ein wenig!"

Ich rücke mir den Stuhl näher, damit ich ihr fast gegenüber sitzen kann.

„Vorhin habe ich Mama besucht."

Oma bewegt ihre Lippen. Ich weiß nicht, ob sie Maschen für ein Muster zählt oder nur in sich hinein grummelt. Sie sagt nichts.

„Ihr geht es soweit gut", berichte ich weiter.

„Hat sie dich erkannt?"

„Nein, sie siezt mich."

„Du lieber Himmel! Das ist ja furchtbar, wenn eine Mutter ihr eigenes Kind nicht mehr erkennt."

„Ach, ich sehe das nicht so schlimm."

Oma schaut erschrocken auf.

„Schlimmer finde ich, wenn sie bei Verstand wäre, sich aber nicht mehr bewegen könnte. Ich glaube, das wäre nicht auszuhalten. Doch so weiß sie nicht, dass sie nichts weiß und kennt keinen Kummer."

Oder doch? Immerhin wirkte sie traurig, als sie

von diesem Mario sprach.

„Oma, weißt du, wer Mario ist?"

Sie antwortet nicht. Wenn sie etwas nicht hören will, überhört sie es einfach. Ich glaube nicht, dass sie meine Frage nicht gehört hat. Trotzdem wiederhole ich sie.

„Oma, ich habe dich gefragt, wer Mario ist."

„Nein, ich kenne keinen Mario. Nein! Und nochmals nein!"

„Also kennst du ihn", stelle ich ungerührt fest. Denn eine derart heftige Reaktion kann nur bedeuten, dass Oma sehr wohl weiß, wer Mario ist.

„Ist er mein Vater?"

„Wie kommst du darauf?"

„Nun, ich weiß, dass Vater nicht mein Vater ist und Mutter heute von Mario gesprochen hat."

„Du weißt gar nichts."

„Deshalb frage ich dich."

„Du wirst mit deinen Fragen aufhören. Ein für alle Mal! Das ist ungehörig. Merk´ dir das!"

Sie schaut mich streng an.

„Ich habe ein Recht darauf", beharre ich.

„Was faselst du von Rechten? Das fehlte noch!"

„Ich muss es wissen!", schreie ich.

„Du musst gehen! Und zwar sofort."

Oma wendet sich demonstrativ ihrem Strickzeug zu. Sie schaut nicht auf, winkt nur mit der Hand ab, als ich sie umarmen will.

Heiße ich Marion, weil Mario mein Erzeuger ist? Ich mochte meinen Namen nie, er wirkt so altmodisch. Mario klingt moderner, fast ein wenig italienisch. Ist mein Vater Italiener? Das wäre direkt fatal, nicht auszudenken, wenn meiner Mutter die gleiche dumme und furchtbare Geschichte passierte wie mir.

Ich muss plötzlich lachen. Mich schüttelt es regelrecht und ich kreische hysterisch auf.

„Ist Ihnen nicht gut?", fragt ein älterer Herr, der mir entgegen kommt.

Ich kann nicht antworten, winke nur ab und kichere weiter, bis mir die Tränen kommen. Als ich mich umschaue, finde ich mich im Park wieder. Hier habe ich als Kind oft gespielt und später mit Lorenzo auf einer Bank gesessen. Ich finde die Bank, setze mich und gebe mich meinen Erinnerungen hin.

2002 - Lorenzo

Mit gerade siebzehn Jahren jobbte ich während der Sommerferien in einer italienischen Eisbar. Ich war die einzige Deutsche bis auf Karla, die regelmäßig in der „toten" Stunde kam und mit Stefano im Lager verschwand. Das konnte ich nie verstehen. Wie kann man sich zu Sex zwischen Regalen voller Vorratsdosen und

Hygieneartikeln herablassen? Außerdem war Stefano verheiratet. Es käme für mich niemals in Frage, mich mit einem Mann einzulassen, der bereits vergeben ist und obendrein Kinder hat.

Anfangs gingen mir die aufdringlichen Sprüche der italienischen Kellner furchtbar auf die Nerven.

„Seniorita, isch mache disch glügglisch."

„Komm, Bella, isch zeige Liebe."

Wahrscheinlich sollten das Komplimente sein, doch ich war empört über solch eine Unverfrorenheit. Der Erste, der mich derart beleidigte, bekam sofort eine Ohrfeige.

Erst hinterher wurde mir klar, dass mich der Chef hätte feuern können, bevor mein erster Tag richtig begonnen hatte. Doch alle lachten nur, hörten aber nicht mit ihren primitiven Sprüchen auf. Vor der Kundschaft riefen sie mir Bemerkungen auf italienisch zu, vielleicht, weil ich dann ihre Anzüglichkeiten nicht verstand oder die Leute mich für eine Italienerin halten sollten. Ich sah wegen meiner schwarzen Locken ohnehin nicht wie eine Deutsche aus.

Später versuchte ich, die primitiven Sprüche zu überhören, daran gewöhnen konnte ich mich nie.

Nur Lorenzo beteiligte sich nicht an den

seltsamen Späßen seiner Kollegen. Er war nicht viel größer als ich und recht stämmig. Mir gefiel, dass er im Gegensatz zu den anderen Kellnern nie fehlte. Und ich genoss es, wenn er mich beschützen wollte.

„Das ist meine Freundin!", verkündete er.

Es dauerte nicht lange und alle glaubten, ich sei tatsächlich Lorenzos Freundin. Irgendwann glaubte ich es selbst.

Lorenzo brachte mich jeden Abend nach Hause und verabschiedete sich höflich an der Haustür.

Eines Nachts zog er mich an meinem Haus vorbei und führte mich zum Park. Dort saßen wir lange schweigend auf einer Bank, während Lorenzo meine Hand fest umklammerte.

„Ich laufe nicht weg", sagte ich und lächelte ihn an.

Er lächelte zurück. Dann wurde sein Gesicht ganz ernst und ich fragte mich schon, ob ich etwas falsch gemacht hatte. Da nahm er seine Hand von meiner und streichelte langsam über mein Haar. Er fasste in meine Locken, zog mich näher, drückte mich gegen seine Brust, schob mich plötzlich zurück und küsste mich heftig auf den Mund. Im ersten Moment wollte ich ihn zurück schieben, doch mir war auf einmal schwach und taumelig zumute. Ich musste mich an ihm festhalten. Meine Beine zitterten, obwohl mir gar nicht kalt war, eher viel zu heiß.

„Marion, ich habe mich in dich verliebt und möchte immer bei dir sein."

Ich konnte nur leicht mit dem Kopf nicken. Millionen bunte Sterne kreisten in meinem Hirn, mein Herz schlug, als wollte es aus der Brust springen. Durch meinen Körper kribbelte es in Wellen. So etwas hatte ich noch nie vorher gefühlt und ich klammerte mich völlig irritiert an Lorenzo fest.

Von diesem Abend an waren wir ein Paar. Ich liebte ihn von ganzem Herzen, seine fürsorgliche Art, seine Zärtlichkeiten und seinen Sanftmut. Er schien mir der treueste und zuverlässigste Mann überhaupt.

Bis zu dem Tag, an dem er nach Italien reiste, nach Hause zu seiner Familie. Er küsste mich zärtlich auf den Mund zum Abschied, ganz sacht. Ich winkte ihm noch nach, als er längst nicht mehr zu sehen war.

Vier Tage wartete ich. Lorenzo rief mich nicht an und mir war mit einem Mal bewusst, dass wir weder unsere Nummern noch Adressen ausgetauscht hatten. Das war bisher nicht nötig, denn bis zu seiner Abreise verbrachten wir unsere gesamte Freizeit zusammen. Jetzt vermisste ich ihn schmerzlich und ich fragte mich, ob es ihm ebenso ging.

„Wann kommt Lorenzo zurück?", erkundigte ich mich beim Chef.

„Er hat fertig, Vertrag gelöscht."

Hatte ich das richtig verstanden, dass er nicht in die Ferien, sondern nach Hause abgereist war? Für immer?

Karla lachte gehässig. „Das kommt davon, wenn man sich an einen verheirateten Mann ranmacht."

Erschrocken schaute ich sie an. Mario wollte zu seiner Familie nach Italien. Darunter verstand ich Eltern und Geschwister, keine Ehefrau.

„Hat dir der Gute das nicht erzählt?"

Sie baute sich vor mir auf und kam mir unangenehm nahe. Dabei lächelte sie boshaft.

„Dann weißt du wohl auch nicht, dass er drei Kinder hat?"

Ich konnte nur mit dem Kopf schütteln, band wie benommen meine Schürze ab und ging – ohne Abschied – und habe dieses Lokal nie wieder betreten.

Lorenzo war also verheiratet und hatte drei Kinder. Ich konnte es nicht fassen, mich so in ihm getäuscht zu haben. Nie im Leben hätte ich mich mit ihm eingelassen, wenn ich das gewusst hätte.

Und was ist mit *unserem* Kind? Ich war schwanger und darüber völlig verzweifelt.

Schließlich vertraute ich mich meiner Mutter an. Sie gab mir eine schallende Ohrfeige und schrie: „Du Flittchen!"

Dann warf sie sich aufs Sofa und weinte.

„Womit habe ich das verdient? Dieses Kind bringt mich noch ins Grab."

Plötzlich richtete sie sich gerade auf und schaute mich drohend an.

„Du machst heute noch einen Termin!"

Ich verstand nicht.

„Glotz´ nicht so blöd! Du lässt das Balg wegmachen!"

Ich zuckte zurück.

„Hast du mich verstanden?"

Schnell nickte ich.

„Sonst kannst du gleich deine Sachen packen und brauchst mir nicht mehr unter die Augen zu kommen."

Durfte eine Mutter ihr Kind einfach so auf die Straße werfen? Ob sie es durfte oder nicht war meiner Mutter vermutlich gleichgültig, sie würde es auf jeden Fall tun.

Felix

„Ich kann das Kind nicht behalten."

Der Arzt nickte.

„Für einen Schwangerschaftsabbruch benötigst

du einen Beratungsschein. Du musst persönlich zur Beratung erscheinen und am besten Deine Eltern und Deinen Freund mitbringen, weil du minderjährig bist."

Erschrocken schaute ich den Arzt an. Lorenzo hatte mich verlassen und außerdem bereits Kinder. Er wusste nichts von unserem Kind und ich wusste nicht, wo er wohnt. Und meine Mutter würde mich nie im Leben begleiten.

„Beruhige dich!", sagte der Arzt sanft und reichte mir einen Zettel. „Hier steht die Adresse der Beratungsstelle und die Telefonnummer. Rufe möglichst heute noch an und vereinbare einen Termin! Alles weitere erfährst du dort. Warte nicht länger, denn du bist bereits im dritten Monat. Den Abbruch könnten wir nicht länger hinauszögern."

In der Beratungsstelle war man sehr freundlich zu mir.

„Deine Mutter darf dich nicht zu einer Abtreibung zwingen."

Die kannten meine Mutter nicht.

„Ich weiß", sagte ich. Dabei wusste ich es gar nicht. Ich wusste eigentlich überhaupt nichts. Ich wusste nur, dass ich schrecklich einsam und allein war. Ich lebte bei einer Mutter, die mich nicht mochte und einer Schwester, die nicht mit mir sprach. Und ich war schwanger von einem Italiener, der nichts mehr von mir wissen wollte.

„Du bist nicht allein", versuchte eine recht dicke junge Frau, mich zu beruhigen.

Konnte sie Gedanken lesen?

„Wir haben hier ein schönes Heim für Mutter und Kind. Dort kannst du mit anderen Mädchen wohnen."

Ich nickte. Vermutlich hielt die Frau das für Zustimmung, denn sie beschrieb mir das Haus in den schönsten Farben. Dabei holte sie weit mit den Armen aus und lachte, als wäre alles ein lustiges Feriengespräch.

Am liebsten wäre ich aufgestanden und einfach gegangen. Doch das konnte ich nicht. Ich brauchte diesen Zettel für den Abbruch. Sollten die Frauen doch reden, was immer ihnen in den Sinn kam oder was sie sagen mussten. Ich wollte das alles gar nicht hören.

„Freizeitangebote", hörte ich gerade noch. Dann sah ich, wie die ältere Frau der Jüngeren ihre Hand auf den Arm legte.

„Du könntest sofort einziehen", fuhr sie fort. „Wir kümmern uns um dich bis zur Entbindung."

Wieder nickte ich. Doch ich wollte keine Entbindung. Ich wollte mein Abitur machen und anschließend ganz normal studieren. Wie alle aus meiner Klasse.

„Später betreuen gelernte Sozialarbeiter das

Baby, so dass du dein Abitur machen oder einen Beruf erlernen kannst."

Und immer das Kind dabei? Ich fürchtete mich vor dem Kind, vor allem vor der Verantwortung. Wie sollte ich mich um ein Kind kümmern können, wenn ich selbst noch ein Kind war?

„Ich bin erst 17", erinnerte ich die Frauen.

Sie nickten beide gleichzeitig. Und die Ältere ergänzte: „Und bei der Geburt fast 18 und damit volljährig. Das ist gut."

Ich fand das überhaupt nicht gut.

„Ein Kind kommt meist ungelegen. Wir schaffen das."

Wir schaffen gar nichts. Was glaubte diese Frau eigentlich? Darf sie mir den Abbruch verweigern? Mir war zum Heulen zumute.

Plötzlich griff die ältere Frau nach meiner Hand. Ich zog sie sofort zurück. Sonst hätte ich am Ende noch losgeheult wie ein kleines Kind.

„Ich kann das Kind nicht haben", sagte ich so bestimmt wie es mir in dieser Situation möglich war. Trotzdem klang meine Stimme eher dünn.

„Du könntest das Baby in eine Pflegefamilie geben. Vorübergehend. Bis du in der Lage bist, es selbst zu versorgen."

Ich dachte darüber nach, aber nicht lange. Ein Kind bekommen und es dann weggeben kam nicht in Frage.

„Du kannst es auch zur Adoption freigeben. Es

gibt viele Paare, die sich sehnlichst ein Kind wünschen und keines bekommen."

„Das ist nicht mein Problem!", fauchte ich. „Ich bin einfach nur schwanger und kann das Kind nicht haben. Es geht nicht."

Nun heulte ich doch noch. Und ich ließ es zu. Schluchzend erzählte ich von Lorenzo und später sogar von Mutter und von Heike.

„Wir finden eine Lösung", versprach die Ältere und tätschelte mir die Hand. Ich zog die Hand zurück.

„Ich will keine Lösung. Ich will jetzt diesen Zettel, den ich für den Abbruch brauche."

„Verstehe", sagte die ältere Frau. „Bitte komme übermorgen hierher für das Abschlussgespräch. Hier hast du eine Broschüre mit allen wichtigen Informationen."

Sie drückte mir ein schmales Heft in die Hand und legte ihre Hand auf meine Schulter. Will sie mich etwa umarmen? Schnell griff ich zur Türklinke und ging hinaus, ohne mich noch einmal umzusehen.

„Schlaf drüber!", rief mir eine der Frauen hinterher.

Eine Woche später begannen die Herbstferien. In dieser Zeit ließ ich das Kind in mir töten. Wäre ich doch nur dabei gestorben! Es hätte ohnehin keiner bemerkt. Ich war die ganze Zeit allein in der Klinik, keiner besuchte mich, nicht einmal Mutter.

Mein Körper erholte sich schnell, doch meine Seele war zerstört, mit dem Kind herausgerissen. Ich konnte nur noch weinen und verkroch mich tagelang im Bett. In meinen Träumen nannte ich mein Kind Felix, obwohl ich gar nicht wusste, ob es ein Mädchen oder Junge geworden wäre. Felix, der Glückliche. Dabei hatte er überhaupt kein Glück kennengelernt. Für ihn war es wohl Glück, gar nicht auf dieser Welt zu sein.

Ich wusste, dass der Abbruch meiner Schwangerschaft die richtige Entscheidung war – und doch konnte ich mich nicht damit abfinden. Ich sprach mit niemandem darüber, auch mit meinen Freundinnen nicht und wurde fast so schweigsam wie meine Schwester.

Mir war, als wäre ich unter einer tiefen Schneedecke begraben. Dieser Schnee schmolz sehr langsam und was darunter zum Vorschein kam, sah für mich ganz anders aus als das, was ich vorher gesehen hatte.

2003 - Die Entscheidung

An meinem 18. Geburtstag ging ich nicht zur Schule. Ich packte all meine Sachen in einen

Rucksack und verließ ohne jedes Bedauern die Wohnung. Bis zum Nachmittag zu warten machte keinen Sinn, denn meine Schwester hätte wie immer nicht von ihrem Buch aufgeschaut und meine Mutter wäre wie immer in ihrem Zimmer verschwunden. Gratuliert hätte mir ohnehin keiner. Vielleicht Oma.

Oma wohnte inzwischen in einer kleinen Stadtwohnung nicht weit von hier entfernt. Einen Augenblick überlegte ich, ob ich mich von ihr verabschieden oder ihr wenigstens einen Brief schreiben sollte. Doch sie würde versuchen, mich umzustimmen oder von der Polizei suchen lassen.

Nun war ich volljährig und keinem Menschen der Welt mehr Rechenschaft schuldig, schon gar nicht meiner Mutter, die sich sowieso nie um mich kümmerte. Warum hat sie mich überhaupt geboren?

Nur um meine Schwester sorgte ich mich. Doch sie schien mich nicht wahrzunehmen, sondern verkroch sich hinter ihren Büchern. Ich verstand nicht, dass sie niemals das Bedürfnis hatte, mit mir zu reden, mit mir zu lachen oder zu weinen. Sie lachte nie. Sie weinte auch nicht. Sie schaute immer nur in ein Buch.

Eigentlich wusste ich überhaupt nicht, wohin ich gehen konnte. Ich wusste nur, dass ich weg musste, gleichgültig, wohin – Hauptsache weg. Und zwar so weit wie möglich. Als erstes fiel mir Italien ein. Doch der Gedanke an Italien trieb mir sofort die Tränen in die Augen. Es war ein ganz dummer Gedanke.

Also ließ ich es einfach darauf ankommen. Ich rannte zum Bahnhof. Hier gab es nur zwei Hauptgleise – das eine lief Richtung Norden, das andere nach Süden. Die Nebenstrecken ins nahe Gebirge interessierten mich nicht.

In den Norden mochte ich nicht fahren. Wir verbrachten unsere Urlaube in jedem Jahr an der Ostsee, was mir immer höchst zuwider war. Es gab dort keine Wälder wie hier, nur Wasser und Sand. Sand, auf dem nichts wächst. Trotzdem waren alle vom Sand und Wasser begeistert. Und von der unendlichen Weite. Dabei konnte man keine fünf Kilometer weit schauen, im Gebirge dagegen hundert Kilometer oder noch weiter. Doch davon wollte keiner etwas wissen.

Ich hatte Glück, denn der nächste Zug fuhr Richtung Süden. Ich stieg einfach ein, ohne mir eine Fahrkarte zu kaufen. Ich wusste nicht, wie weit ich fahren will. Geld besaß ich genug, denn vom Verdienst in der Eisbar hatte ich nicht einen einzigen Cent ausgegeben.

Cent – wie ungewohnt das noch klingt. Ich dachte immer noch manchmal an Mark und

Pfennige, obwohl es seit fast einem Jahr den Euro gab.

2007

Vier Jahre später rief ich daheim an. Ich wollte meiner Schwester zum 18. Geburtstag gratulieren. Doch es meldete sich eine völlig fremde Frau. Ich war so überrascht, dass ich zuerst kein Wort hervor brachte und schließlich stotternd nach Heike fragte.

„Ich kenne keine Heike", erklärte die mürrische Stimme. Dann hörte ich es knacken. Die Fremde hatte aufgelegt.

Sind Mutter und Heike umgezogen? Warum weiß ich das nicht? Über diese dumme Frage schüttelte ich über mich selbst den Kopf. Es wusste schließlich keiner, wo ich lebte. Ich hatte mich nie gemeldet, nur zu Weihnachten und den Geburtstagen Karten geschickt ohne Absender. Und Oma bekam von mir in jedem Jahr eine Ansichtskarte aus dem jeweiligen Land, wo ich gerade Urlaub machte. Sollte ich sie anrufen? Lebte sie überhaupt noch? Auch das war eine sehr dumme Frage, denn Oma war erst 65 Jahre alt.

Jedenfalls nahm ich all meinen Mut zusammen und rief Oma an.

„Oma, ich bin´s, die Marion."

„Marion?"

Ich nickte, obwohl sie das nicht sehen konnte. Es entstand eine peinliche Stille. Ich wusste plötzlich nicht mehr, was ich sagen wollte und hatte Angst, dass Oma einfach auflegt.

„Was willst du? Geld?"

Nun war ich doch erschrocken. So schätzte sie mich ein. Eigentlich kein Wunder. Immerhin habe ich mich fast vier Jahre nicht gemeldet.

„Nein, nein!", beeilte ich mich zu sagen.

„Was dann?" Ihre Stimme klang ungeduldig.

„Ich habe daheim angerufen. Doch die Nummer stimmt nicht."

„Nichts stimmt mehr."

„Was ist denn passiert?", fragte ich erschrocken.

„Deine Mutter ist im Heim, deine Schwester auch."

Ich musste mich setzen. Wie sollte ich das verstehen? Arbeiten beide in einem Heim? Heike war erst Achtzehn, da geht man noch zur Schule.

„In welchem Heim denn?", brachte ich schließlich mühsam heraus.

„Mir sagt ja keiner was", beschwerte sich Oma. „Am besten, du kommst her. Dann erfährst du alles." Dann setzte sie hinzu: „Wo steckst du überhaupt?"

Ich überlegte, ob ich ihr meine Adresse sagen soll. Sie schien das zu spüren, denn sie legte einfach auf.

Rückkehr

Vier Wochen lang überlegte ich. Vier Wochen lang wusste ich nicht, ob ich wirklich zurück in meine Heimatstadt fahren sollte. Was ist, wenn mich etwas Unangenehmes erwartet? Was ist, wenn ich bleiben soll, bleiben müsste, aber nicht bleiben will? Mittlerweile war ich mir sicher, dass irgend etwas passiert sein musste, denn Oma konnte oder wollte mir nicht am Telefon sagen, was sie mir zu sagen hatte.
Ich hatte drei Tage Urlaub genommen – das musste reichen. Kurz rief ich Oma an und sagte ihr, dass ich komme.

„Es hat gebrannt. Näheres weiß ich auch nicht. Heike kam an diesem Tag früher aus der Schule nach Hause und sah Rauch aus dem Küchenfenster. Die Mutter lag in ihrem Zimmer und schlief. Ihr ist nichts passiert. Trotzdem musste sie ins Krankenhaus."
„Vielleicht hatte sie eine Rauchvergiftung", vermutete ich.
„Was weiß denn ich?" Oma wirkte verärgert,

direkt ungehalten.

„Und wo wohnen sie jetzt?"

„Im Heim, alle beide."

„Wieso im Heim?"

„Weil sie krank sind."

Fassungslos schaute ich Oma an.

„Deine Mutter hätte fast das Haus abgefackelt. Das soll nicht krank sein? Dement ist sie, sie weiß nicht, was sie tut."

Dement? Wird man ganz plötzlich dement von einen Augenblick auf den anderen?

„Und Heike?"

„Die hat die Berger-Krankheit." Oma stand auf und kramte in einer Schublade. Dann reichte sie mir einen Zettel. Darauf stand *Asperger.*

„Was ist das?"

„Was weiß denn ich? Mir sagt ja keiner was."

„Besuchst du die beiden nicht?", wagte ich zu fragen.

Oma schwieg lange. Dann seufzte sie, schaute mich an und murmelte: „Wozu sollte das gut sein?"

Im Pflegeheim

Hinter der Glaswand saß eine Frau, die konzentriert auf ihren Bildschirm schaute. Wie ich das hasste! Bemerkte sie mich nicht?

Ziemlich forsch klopfte ich an die Tür neben der Scheibe und trat ein, ohne eine Antwort abzuwarten.

„Guten Tag. Mein Name ist Marion Seeliger. Meine Mutter soll hier im Heim sein. Bitte sagen Sie mir, wo ich sie finde."

Die Frau schaute auf und lächelte. Dieses Lächeln sah aus wie beim Fotografen, wenn er „Tschiiieees!" sagt und alle plötzlich den Mund breit ziehen. Sie stand auf und bat mich zu warten. Dann verschwand sie hinter einer Tür weiter hinten im Gang.

„Guten Tag, mein Name ist Bachmann. Ich bin die Heimleiterin." Eine freundliche rundliche Frau mittleren Alters streckte mir ihre Hand entgegen. „Sie sind also die Tochter?", erkundigte sie sich.

„Die Ältere", bestätigte ich.

Die Frau lächelte. „Sie sehen so ganz anders aus und sind Ihrer Mutter nicht ähnlich."

„Ich weiß. Wo finde ich sie?"

„Bitte kommen Sie zuerst in mein Zimmer. Ich möchte vorher mit Ihnen sprechen."

Mir blieb nichts anderes übrig, als der Frau in ihr Büro zu folgen. In einem großen hellen Raum mit hellen Möbeln, grünen Vorhängen und einem grünen Teppich bat mich Frau Bachmann, Platz zu nehmen.

„Sie waren noch nie hier."

„Nein. Ich habe soeben erst von meiner Oma erfahren, dass meine Mutter hier ist."

„Ihre Mutter ist dement."

Ich nickte.

„Sie befindet sich bereits im späten Stadium, das heißt: vollkommener Kontrollverlust."

Ich nickte wieder. Frau Bachmann schaute mich prüfend an. Wollte sie wissen, ob ich zusammenklappe? Oder hatte sie noch mehr zu sagen? Doch sie schwieg.

„Was genau heißt das?", fragte ich schließlich.

„Nun – Vergangenheit und Gegenwart verschwimmen. Manchmal weiß sie nicht, wo sie sich befindet und manchmal glaubt sie sich irgendwo in der Vergangenheit. Meist taucht sie in eine Art Zwischenwelt."

Zwischenwelt. Was soll das heißen?

„Wird sie mich überhaupt erkennen?"

„Das kann ich Ihnen nicht sagen. Sie spricht kaum."

Nun, es gibt Schlimmeres. Das ist vielleicht besser, als wenn sie auf mich einredet und mir Vorwürfe macht.

„Zum Glück hat Ihre Mutter ein sehr starkes Herz."

Was hat sie davon? Das heißt doch nur, dass sie noch ewig leben bzw. dahinvegetieren wird, denn leben kann man das wohl kaum nennen.

„Wann haben Sie Ihre Mutter zum letzten Mal

41

gesehen?" Wieder dieser prüfende Blick.

„Vor vier Jahren."

Frau Bachmann nickte und wiederholte: „Vor vier Jahren also. Dann waren Sie nicht mehr da, als ..."

„Nein."

„Haben Sie Kontakt zu Ihrer Schwester?"

Nun ging diese Frau eindeutig zu weit. Ich hatte nicht vor, mit ihr über meine Familie zu sprechen. Sie soll mich zu meiner Mutter führen oder es bleiben lassen.

„Ich frage deshalb, weil Ihre Schwester nicht mehr im Heim lebt und uns die Heimleitung ihre neue Adresse gegeben hat." Sie schaute mich an und setzte hinzu: „Falls etwas passiert."

Ich nickte und sagte: „Ich verstehe."

Dabei verstand ich überhaupt nichts.

„Wenn Sie wünschen, gebe ich Ihnen die Adresse Ihrer Schwester."

Wieder nickte ich. Mir war es peinlich, dass mir eine fremde Frau sagen musste, wo meine Schwester wohnt. Ich steckte den Zettel ein, ohne ihn vorher zu lesen.

Dann begleitete mich Frau Bachmann zum Zimmer meiner Mutter. Sie klopfte kurz an, ging zu der Frau, die in einem wuchtigen Sessel am Fenster saß und berührte sie sanft am Arm.

„Frau Seeliger, Sie haben Besuch."

Die Frau im Sessel reagierte nicht. Ist das wirklich meine Mutter? Ich habe sie nur vier Jahre nicht gesehen, doch sie wirkt um mehr als zehn Jahre gealtert.

„Mutter", sagte ich leise, hockte mich hin und griff nach ihrer Hand. Sie zog sie sofort zurück. Wie früher. Sie mag mich nicht. Auch wie früher. Was soll ich überhaupt hier?

Ich drehte mich nicht um zu dieser Frau Bachmann, die das Zurückzucken meiner Mutter ganz sicher gesehen hatte. Sollte sie doch denken, was immer sie für richtig hielt. Sie hatte sowieso keine Ahnung.

„Bitte kommen Sie hinterher noch einmal in mein Büro!", bat Frau Bachmann. „Wir müssen über die Vormundschaft reden."

Ich nickte und erschrak. Was kommt jetzt wieder auf mich zu?

Endlich war die Frau verschwunden und ich betrachtete meine Mutter. Sie kauerte zusammengesunken im Sessel, eine braune Jacke über einer dunklen Bluse und darüber ein Lätzchen. Ihre Beine hoben sich dünn unter der schlabberigen Jogginghose ab, die Füße steckten in braunen Hausschuhen mit Klettverschluss. Wann hat sie so viel abgenommen? Nach meinem Verschwinden? Sie wird mein Verschwinden nicht bemerkt haben, schließlich hat sie mich nie beachtet.

Wahrscheinlich war sie sogar froh, mich endlich los zu sein.

Plötzlich schrie sie: „Gehen Sie! Jeden Tag der gleiche Ärger mit Ihnen! Sie machen nichts richtig."

Ich zuckte zusammen und stotterte: „Aber Mutter!"

„Sie sollen den Mund halten! Ihr Geschwätz geht mir auf die Nerven."

Nichts habe ich gesagt, gar nichts. Doch, ich nannte sie Mutter. Die Frau war wieder in ihrem Sessel zusammengesunken und starrte auf ihre Beine. Dabei sah es aus, als ob sie gar nichts sieht, wenn sie so schaute. So, als würde sie schlafen, wachschlafen. Gibt es das?

Ich schaute mich im Zimmer um. Es war kahl. Kein einziges Bild hing an den Wänden. Fotos von mir und Heike gibt es ohnehin nicht, jedenfalls nicht von einer Zeit nach Vaters Tod. Doch das Gemälde von Rügens Steilküste, das damals in ihrem Zimmer hing und das sie so liebte, könnte sie hier ebenso stundenlang anstarren wie damals daheim. Warum hat sie es nicht mitgenommen?

Ich erinnerte mich, dass Oma von einem Brand sprach. Vielleicht war das Bild verbrannt oder so beschädigt, dass es nicht mehr aufgehangen werden konnte.

Stattdessen stand ein großer Flachbildschirm auf einer Anrichte. Der musste neu sein, denn so etwas hatten wir daheim nicht. Auch die hellen Möbel waren mir völlig unbekannt. Entweder, sie hatte sie neu gekauft oder sie gehörten dem Heim.

Ich trat ans Fenster und schaute in einen parkähnlichen Garten mit vielen Bänken, auf denen alte Leute saßen. Neben den meisten stand ein Rollator. Ich mochte mir meine Mutter nicht zwischen all den alten gebrechlichen Menschen vorstellen. Doch sie war nun einmal hier. Sie war dement.

Soll ich nun etwas sagen oder lieber gleich gehen? Es hat ja doch keinen Zweck, hier zu stehen.

„Ich gehe jetzt. Vielleicht komme ich wieder, ich weiß noch nicht. Ich wohne nicht mehr hier in der Stadt."

Mutter weinte. Das erschreckte mich, obwohl ich es gar nicht anders kannte von früher. Sie hat eigentlich immer geweint.

„Ich habe so lange auf dich gewartet", kam es schluchzend aus ihrem Mund.

Ich kauerte mich zu ihr und streichelte unbeholfen ihr Knie.

„Es tut mir leid", stammelte ich.

„Was soll ich nur tun ohne dich? Mein Leben ist

so sinnlos geworden."

Ich weiß nicht, was ich sagen soll. Hat sie mich wirklich vermisst?

„Liebster!"

Sie meint nicht mich, wurde mir plötzlich klar. Wie konnte ich auf den unsinnigen Gedanken kommen, dass ich ihr fehle? Es hatte keinen Zweck, mich mit ihr unterhalten zu wollen.

„Ich gehe dann", sagte ich deshalb und verließ schnell das Zimmer.

Ich hatte völlig vergessen, mich bei Frau Bachmann zu melden, wollte nur noch raus hier. Ich verspürte keine Lust, mich noch einmal hier blicken zu lassen. Außerdem kann ich selten für gleich drei Tage am Stück im Hotel fehlen. Und schon gar nicht jeden Monat. Vielleicht ein oder zwei Mal im Jahr.

Heike

Als Kind war meine kleine Schwester der wichtigste Mensch für mich im Leben. Doch ich hatte immer das bohrende Gefühl, dass sie mich nicht so liebt wie ich sie liebe. Ich konnte nie wirklich zu ihr durchdringen, weil sie immer nur in ihre Bücher schaute. Mich sah sie eigentlich nie an, so sehr ich auch vor ihr herum hüpfte und versuchte, sie zum Lachen zu bringen.

Ich hatte mich immer nach ihrer Liebe, ihrer Zuneigung gesehnt, zumal sich unsere Mutter kaum um uns kümmerte. Ich konnte mir nicht vorstellen, dass wir Wunschkinder waren. Manchmal strich Mutter Heike über den Kopf. So etwas tat sie bei mir nie.

Obwohl sie vier Jahre jünger ist als ich, war sie ab ungefähr dem achten Lebensjahr einen ganzen Kopf größer als ich und erheblich kräftiger.

Nun stand vor mir eine sehr große, wunderschöne junge Frau mit langen blonden Locken und großen blauen Augen. Ich kam mir neben ihr so unscheinbar vor wie ein zarter Windhund vor einem Bernhardiner.

Heike schaute mich an, doch in ihren Augen sah ich weder Freude noch Entsetzen – nicht einmal ein Erkennen. Sollte ich wieder gehen?

„Darf ich reinkommen?"

Heike drehte sich einfach um. Ich folgte ihr in die Wohnung. Es gab keinen Flur, man kam direkt in die Wohnstube mit einer kleinen Küchenzeile, einem winzigen Tisch mit zwei Stühlen, einem Schrank und einem Alkoven in der Ecke, wo das Bett stand. Das Bett war ordentlich gemacht, natürlich. Heike ließ niemals etwas herumliegen, nicht einmal ihre Bücher. Die standen ordentlich nach Verfassern sortiert in einem hohen und fast zwei Meter breitem Regal quer vor ihrem Bett. Die meisten Regalfächer waren leer. Doch ich verstand, dass Heike sie mit Büchern füllen wollte.

Ich setzte mich auf einen der beiden Stühle, Heike nahm mir gegenüber Platz.

„Wie geht es dir?", wollte ich wissen.

Heike schaute auf, sagte aber nichts.

„Lebst du ganz allein hier?"

Sie schaute sich wortlos um, so, als ob sie fragte: „Siehst du noch jemanden?"

Ich war es gewöhnt, dass Heike nicht antwortete. Die meisten Leute glaubten, sie sei überheblich oder etwas zurückgeblieben. Doch beides stimmte nicht. Heike war hochintelligent und hatte deshalb sogar die dritte Klasse übersprungen. Mir wäre das nicht so leicht gefallen wie ihr. Vor allem meine Freundinnen hätten mir furchtbar gefehlt. Heike hatte keine Freunde. Sie hatte Bücher.

„Was machst du so? Gehst du noch zur Schule?"

Heike hob ihren Kopf. Plötzlich stand sie auf, holte ein Blatt Papier aus dem Schrank und hielt es mir wortlos entgegen. Eine Urkunde. Ein Prüfungszeugnis der Handelskammer. *Bibliotheksfacharbeiter* las ich. Heike hatte in sämtlichen theoretischen und praktischen Fächern ein *sehr gut* und insgesamt mit dem Prädikat *Ausgezeichnet* abgeschlossen.

Sie lächelte. Ihr Lächeln sah schief und wie eingeübt aus, doch ich wusste, dass es ehrlich war. Offenbar war es Heike nicht möglich, Freude oder Ärger auszudrücken, denn sie wirkte immer gleichmütig.

„Heike, du bist ein Genie!", rief ich aus. „Wie hast du das nur gemacht, mit nicht einmal 18 Jahren eine Berufsausbildung in der Tasche zu haben?"

Ich musste sie umarmen. Schnell stand ich auf und zog sie glücklich an mich. Heike machte sich steif. Doch das störte mich nicht und minderte meine übergroße Freude überhaupt nicht. Ich war so stolz auf meine kleine Schwester.

Sie holte eine Mappe aus dem Schrank und legte sie auf den Tisch. Darin fand ich einen Arbeitsvertrag mit der Stadtbücherei. Ich war so beeindruckt, dass mir die Tränen in die Augen stiegen und übers Gesicht liefen.

Meine kleine Schwester besaß einen Facharbeiterbrief und einen Arbeitsvertrag, während ich mich ohne Schulabschluss und ohne Ausbildung durchschlug.

Eine Arbeit mit Büchern war genau das Richtige für Heike. Ihre gesamte Kindheit verbrachte sie mit einem Buch vor der Nase. Für mich wäre das nichts, jeden Tag Bücher in Regale zu sortieren. Irgendwie langweilig. Doch sicher nicht für Heike. Falls sie so etwas wie Liebe empfand, dann für Bücher.

Ich blätterte weiter in der Mappe und fand den Mietvertrag für die kleine Wohnung und einen Amtsbrief.

Das Jugendamt habe nach §1791 BGB für Heike die Vormundschaft, die mit dem vollendeten 18. Lebensjahr endet. Ich schaute sie an und sah, dass sie wieder schief lächelte.

In einer Seitenlasche steckte die Visitenkarte einer Anwaltskanzlei für Familienrecht.

„Wozu brauchst du einen Anwalt?", fragte ich irritiert.

„Das ist für Mama", antwortete Heike. „Der Anwalt hat die rechtliche Betreuung für Mama, weil ich noch minderjährig war und Oma die Vormundschaft nicht wollte."

Ich erschrak regelrecht über diesen ungewohnt langen Satz. Heike hatte eine schöne volle Stimme. Als Kind piepste sie mehr als dass sie sprach. Das tat mir damals direkt im Kopf weh. Vielleicht hatte sie das gespürt und deshalb nicht geredet.

„Dann gehen wir jetzt zu diesem Anwalt und klären das", bestimmte ich.

Heike schaute teilnahmslos auf den Tisch, doch ich wusste, dass sie mich gehört hatte. Ich wusste nur nicht, ob sie mitkommen würde oder nicht.

„Es wäre nicht gut, wenn ich dort allein aufschlage. Besser, wenn wir zwei Schwestern uns gemeinsam erkundigen. Außerdem bist Du jetzt 18 und somit volljährig."

Heike holte einen Umschlag und streckte ihn mir entgegen. Es war ein Schreiben von eben diesem Anwalt, der sie bat, sich mit ihm in Verbindung zu setzen.

„Und? Hast du ihn angerufen?"

Heike antwortete nicht. Mir war auch so klar, dass sie nicht angerufen hatte. Man müsste sie schütteln, irgendwie wachrütteln, doch das würde nicht helfen. Wahrscheinlich besaß sie gar kein Telefon.

Ich konnte mir ein Leben ohne Handy nicht mehr vorstellen und besaß immer das neuste Modell. Doch für jemanden, der nicht spricht, ist ein Telefon Unsinn. Da überkam mich eine geniale Idee.

„Du kaufst dir einen Computer!", befahl ich.

„Damit kannst du alles erfahren, was du wissen willst. Und du musst nicht anrufen, sondern kannst eine Mail schicken."

Heike reagierte nicht. Von ihrer Arbeit musste sie Computer kennen und konnte sicher perfekt damit umgehen. Warum hatte sie eigentlich noch keinen? Fehlte ihr das Geld?

„Die Dinger kosten nicht mehr als fünfhundert Euro. Das kannst du dir locker leisten, oder?"

Ich hatte keine Lust, ihr das Geld vorzustrecken, ich kam selbst kaum über die Runden. Außerdem hatte sie einen Arbeitsplatz und bekam jeden Monat ein festes Gehalt, sicher mehr als ich. Und es war eigentlich nicht mein Problem, wenn sie mit niemandem Kontakt pflegte.

In der Anwaltskanzlei

Eine dünne herausgeputzte Frau führte uns in ein Besprechungszimmer. Dort saßen wir nebeneinander an einem runden Tisch. Heike schaute auf die Tischplatte und ich betrachtete die Bilder an der Wand, die seltsames Meeresgetier wie Muscheln, Schnecken oder Würmer in Nahaufnahmen zeigten. Ich fand das eklig und für solch einen Raum ziemlich unpassend.

Wir mussten nicht lange warten. Bald kam ein junger Mann herein gestürmt und streckte uns seine Hand entgegen. Ich wunderte mich, dass Heike diese artig ergriff. Das tat sie früher nie. Wahrscheinlich haben sie ihr im Heim diese eigentlich ganz normale Umgangsart beigebracht. Ich möchte lieber nicht wissen, wie sie das geschafft haben.

„Ich freue mich, Sie endlich kennenzulernen", säuselte der Mann. Er reichte jeder von uns seine Visitenkarte. *Dr. Ralf Klingler, Anwalt für Familienrecht*, die Adresse der Kanzlei und eine Telefonnummer. So jung und schon einen Doktortitel, wunderte ich mich.

„Ich bin der gerichtlich eingesetzte Betreuer Ihrer Frau Mutter", erklärte er.

Dieser fremde Mann bestimmte also über Mutters Angelegenheiten.

„Was genau heißt das?", wollte ich wissen.

„Ich habe mich um sämtliche rechtliche Belange Ihrer Frau Mutter zu kümmern."

Was gab es da schon zu kümmern, wenn Mutter im Heim versorgt wurde? Außerdem ging mir dieses alberne *Frau Mutter* auf die Nerven.

„Heißt das, Sie sind so etwas wie ihr Vormund?"

Der Mann lächelte, obwohl das nicht wirklich ein Lächeln war. Ich mochte ihn nicht.

„Nun bin ich ja da und kann mich selbst kümmern", verkündete ich ziemlich forsch.

In Wirklichkeit wollte ich mich gar nicht kümmern. Ich hatte überhaupt keine Ahnung, was das bedeuten würde, mich kümmern zu müssen. Müsste ich dann hier wohnen?

Der Anwalt stand auf.

„Das können Sie gern tun. Stellen Sie einen entsprechenden Antrag beim Amtsgericht, Abteilung Familienrecht!"

Seine Stimme klang verärgert. Hatte er Dankbarkeit von uns erwartet? Er tat weiter nichts als seine Arbeit und wurde sicher fürstlich dafür bezahlt.

Bevor er zur Tür hinaus rauschte, sagte er: „Warten Sie einen Moment! Dennis übergibt Ihnen die Habseligkeiten Ihrer Frau Mutter."

„Warten Sie!", rief ich ihm nach. „Wie verhält sich das mit den Kosten? Wer zahlt das alles?"

„Beantragen Sie bei Gericht Einsicht in die Konten!"

Da hatte ich den Salat und neben mir Heike, die wie immer kein Wort gesagt hatte. Am liebsten hätte ich sie geohrfeigt. Das tat ich natürlich nicht. Im Grunde reichte es mir, dass Heike neben mir saß. Es war nicht wichtig, ob sie sprach. Hauptsache, sie war da.

Ich hatte keine Ahnung, von welchem Geld die Heimkosten unserer Mutter bezahlt wurden. Sie war schließlich erst 45 Jahre alt. Dann fiel mir die Witwenrente ein. Vielleicht zahlte eine Versicherung nach Vaters Unfall?

In diesem Moment kam ein Junge zur Tür

hinein, kaum älter als Heike. Er stellte eine rote Kiste auf den Tisch.

„Das soll ich Ihnen übergeben", sagte er und schaute Heike an dabei. Er stierte ihr direkt unhöflich ins Gesicht.

„Danke", sagte sie und lächelte.

Was war das jetzt? Heike lächelte und sagte etwas, sogar etwas passendes, das auch noch freundlich klang.

„Was ist das?", wollte ich wissen und zeigte mit der Hand auf die Kiste.

„Hierin sind die Habseligkeiten Ihrer Mutter aufbewahrt. Bitte quittieren Sie mir den Empfang." Noch immer sprach er nur mit Heike und nahm mich gar nicht wahr.

„Sehr gern", hauchte Heike, griff nach dem Kugelschreiber, den ihr der Junge entgegen hielt, und unterschrieb tatsächlich das Formular, als hätte sie niemals in ihrem Leben irgendwelche Probleme mit Formularen und Leuten gehabt.

„Ich bin der Dennis und studiere Rechts-wissenschaften. Später will ich Anwalt werden."

Das wollte nun wirklich keiner wissen. Ich verdrehte die Augen, doch weder Heike noch dieser seltsame Dennis bemerkten das.

„Ich weiß, dass Sie in der Stadtbibliothek arbeiten. Darf ich Sie dort besuchen?"

Heike lachte. Ich fasse es nicht.

„Selbstverständlich. Wenn es während der Öffnungszeiten ist."

Jetzt schäkerte sie sogar.

„Ihr könnt euch gern weiter unterhalten. Ich verschwinde jetzt."

Was erlaubt die sich eigentlich? Mit mir spricht sie seit Jahren kein Wort und mit diesem fremden Jungen tut sie vertraut und benimmt sich wie ein ganz normaler Teenager. Mein ganzes Leben habe ich Heike noch nie normal erlebt.

Die Beiden reagierten noch immer nicht. Also nahm ich die blöde Kiste und verließ den Raum. Die Tür ließ ich offen. Soll sie doch sehen, wie sie nach Hause kommt. Mir war das völlig gleichgültig. Doch mir war plötzlich zum Heulen zumute.

Wenn ich nur wüsste, was damals passiert war. Oma konnte mir nicht helfen, meine Mutter noch weniger und Heike redete nicht, jedenfalls nicht mit mir. Bei der Polizei müsste es ein Protokoll geben. Aber ich kann dort nicht einfach hereinspazieren und Auskunft verlangen. Was müssten die von mir denken?

Ich schmiss die Kiste auf den Rücksitz, setzte mich ins Auto und wartete. Fünf Minuten wollte ich meiner Schwester geben. Wenn sie dann nicht kam, sollte sie mir gestohlen bleiben.

Doch keine zwei Minuten später saß sie neben mir, strich sich den Rock glatt und steckte ihre Hände unter ihre Schenkel.

Sie versteckte immer ihre Hände, wenn sie kein Buch hielt. Meist waren sie unter dem Tisch verschwunden oder hinter ihrem Rücken. Meine Hände dagegen waren immer in Bewegung. Ich brauchte sie dringend beim Reden, unterstrich meine Worte mit Gesten. Doch Heike redete schließlich nicht.

„Das Auto gehört dem Hotel, in dem ich arbeite", erklärte ich, obwohl Heike gar nichts gefragt hatte. War ihr gleichgültig, wo ich wohnte und was ich machte, wovon ich lebte? Das machte mich wütend.

„Du sagst mir jetzt sofort, was damals passiert ist!", fuhr ich sie an.

Sie antwortete nicht. Was hatte ich auch erwartet? Am liebsten hätte ich angehalten und sie rausgeworfen. Doch dann würde ich nie erfahren, wann und warum und wie lange sie im Heim gelebt hatte.

Ich wollte nicht locker lassen und folgte ihr in die Wohnung. Heike öffnete wortlos ein Schubfach und holte ein Heft heraus. Sie schlug eine Seite auf, strich mit der Hand darüber, las mit den Augen den Text und übergab ihn schließlich mir. Ich merkte sofort, dass es ihr Tagebuch war.

Ich erinnerte mich, dass Mutter einmal Heikes Tagebuch in der Hand hielt, als wir aus der Schule kamen.

„Du bist daheim?", fragte ich erstaunt.

Wie immer nahm sie keine Notiz von mir, sondern schlug Heike das Heft rechts und links um die Ohren.

„Was bildest du dir ein, deine Mutter zu kritisieren?" Mutters Stimme klang drohend.

Am liebsten hätte ich mich schützend vor Heike gestellt, doch das wagte ich nicht.

„Ich kümmere mich also nicht um dich? Und wer schafft die Lebensmittel heran? Deine Kleider? Dein Schwarm Hendrik vielleicht?"

Mutter stemmte die Hände in die Hüften und verzog boshaft den Mund. Heike war puterrot angelaufen und schaute auf ihre Füße. Plötzlich gab ihr die Mutter eine schallende Ohrfeige.

„Schau mich gefälligst an, wenn ich mit dir rede! Und mach endlich den Mund auf!"

Heike sagte gar nichts, wie immer. Ich zitterte vor Angst, doch es passierte nichts. Mutter drehte sich plötzlich um und schloss sich in ihr Zimmer ein. Dort hörte ich sie weinen. Heike sammelte ihr Tagebuch vom Boden auf, strich sanft über die Seiten und verkroch sich gleich in Kleidern in ihrem Bett.

Jetzt reichte mir Heike ihr Tagebuch und ich

las:

14.11.2003. Als ich aus der Schule kam, brannte es in unserer Wohnung. Mutter musste wegen einer Rauchvergiftung ins Krankenhaus und ich lebe jetzt im Heim. Von meinen Sachen und meinen Büchern habe ich gar nichts mehr, weil alles mit einer schmierig schwarzen Schicht überzogen war und entsorgt werden musste.

Heike nahm mir das Heft aus der Hand und blätterte mehrere Seiten um.

17.11.2005. Meine Ausbildungszeit wurde auf zwei Jahre verkürzt. So werde ich noch vor meinem 18. Geburtstag den Facharbeiterbrief bekommen und darf mein Leben lang in einer Bibliothek arbeiten. Bücher erzählen viel und sagen dabei nichts. Bücher sind gut.

Ich schaute auf und lächelte, während mir Heike das Heft abnahm.

Heike und Bücher – das gehörte einfach zusammen. Offensichtlich hatte man ihr wegen herausragender schulischer Leistungen ein weiteres Jahr erlassen. Ich bewunderte sie sehr, obwohl ich sonst so verschlossene und verstockte Menschen überhaupt nicht mochte. Sie sprach nicht, sagte demzufolge auch nie etwas falsches. Ich dagegen sagte viele falsche Dinge oder Sachen, die die Leute falsch verstanden, obwohl ich die für mich genau richtigen Worte gewählt hatte. Ich wusste nicht, woran das lag.

Jedenfalls kam Heike trotz ihrer Krankheit gut zurecht im Leben. Das beruhigte mich.

Nur wusste ich nicht, was ich wegen unserer Mutter unternehmen sollte. Vielleicht musste ich überhaupt nichts unternehmen. Immerhin war dieser Anwalt vom Gericht als Betreuer eingesetzt. Von mir aus konnte er das gern bleiben. Ich verspürte keine Lust, bei Gericht irgendwelche Anträge zu stellen und mir Arbeit aufzuhalsen. Ich wohnte fünfhundert Kilometer entfernt und hatte nicht vor, dies zu ändern.

„Ich muss zurück", sagte ich.

Heike fragte nicht, wohin. Sie schien es nicht einmal zu bedauern, dass ich sie hier allein ließ. Wieder packte mich die Wut und ich beschloss, ihr meine Adresse nicht zu hinterlassen. Immerhin wusste ich jetzt, wo sie wohnt und konnte ihr schreiben. Vielleicht antwortet sie sogar, denn Schreiben schien ihr im Gegensatz zum Sprechen keine Schwierigkeiten zu bereiten.

Das Hotel

Ich fuhr gern zurück an meinen Arbeitsplatz in einem schönen Hotel in der Nähe vom Ammersee. Zwar besaß ich nicht wie meine kleine Schwester einen Facharbeiterbrief, doch den brauchte ich auch nicht. Die Chefin hatte eine ganz eigene Meinung über den Sinn und Zweck einer Ausbildung. Ihr war die Neigung, das Talent eines Mitarbeiters wichtiger als ein Zeugnis aus Papier.

Sie sagte immer: „Papier ist geduldig. Ich schaue mir lieber den Menschen an, den ich mir ins Haus hole."

Als ich vor vier Jahren ihr idyllisches Hotel entdeckte und um Arbeit bat, stellte sie mir zuerst einige belanglose Fragen. Dann ließ sie mich einen Tisch abräumen und einem Gast den Zimmerschlüssel bringen.

„Ich glaube, dich kann ich brauchen", sagte sie und zeigte mir ein Zimmer, in dem ich ab sofort wohnen durfte. „Für Essen ist gesorgt, Trinkgelder darfst du behalten, in vier Wochen reden wir weiter."

Ich war erleichtert und lebte mich schnell ein. Mit der Zeit bekam ich immer mehr Aufgaben und Verantwortungen übertragen. Wir waren eine nette kleine Truppe von nicht einmal zwanzig Leuten und verstanden uns hervorragend. Es gab keinen Wettbewerb zwischen uns und somit weder Ärger noch Enttäuschungen.

Ich konnte schon als Kind keine Wettkämpfe ertragen. Zwar liebte ich den Sport, doch wollte ich weder jemanden besiegen noch besiegt werden.

Schon bald bekam ich einen festen Arbeitsvertrag und ein kleines Gehalt. Viel brauchte ich ohnehin nicht, denn Ausgaben hatte ich keine. Ich dachte nicht daran, mir eine eigene Wohnung zu mieten, ich war zufrieden mit meinem Zimmer. Der Arbeitsweg war mehr als bequem, ich erhielt regelmäßiges Essen, ohne es besorgen oder dafür zahlen zu müssen und meine Uniformen. Beim Bedienen trug ich ein Dirndl, bei Aufgaben im Haus einen braunen Hosenanzug aus weich fallendem Stoff mit einer weißen Bluse darunter. Ich brauchte privat eigentlich nichts und war rundum zufrieden.

Nach nicht einmal einem Jahr war ich so etwas wie die rechte Hand der Chefin. Mir machte die Arbeit Freude, auch wenn ich nahezu rund um die Uhr zu tun hatte. Bereits morgens vor sieben Uhr deckte ich den Frühstückstisch. Ab neun Uhr hatte ich zwei Stunden frei oder half beim Herrichten der Zimmer. Zur Mittagszeit ging es meist ruhiger zu. Erst 17:30 Uhr begann die eigentliche Arbeit. Ich half beim Servieren des Abendessens und blieb anschließend bis zur Sperrstunde im Lokal.

Die größte Freude bereiteten mir Themenabende oder gar Hochzeiten. Die Chefin ließ mir für die Dekoration freie Hand. Sie meinte, ich hätte ein Händchen für Farben und Blumen. Das machte mich richtig stolz.

Freizeit hatte ich im Prinzip keine, vermisste sie auch nicht. Ich mochte meine Kollegen, die gleichzeitig so etwas wie meine Freunde oder eine Art Familie waren. Ich genoss die gemeinsamen Mahlzeiten im Aufenthaltsraum neben der Küche. Das Essen ist meiner Erfahrung nach ohnehin nur so gut wie die Tischgesellschaft.

Hier im Hotel hatte ich endlich das Gefühl, dazuzugehören. Mein ganzes Leben lang hätte ich gern irgendwo dazu gehört, was mir nie gelungen ist. Jetzt fühlte ich mich akzeptiert und wichtig. Keiner übersah mich mehr.

Lust auf einen Mann hatte ich nie. Ich mochte an Männern allein ihre bewundernden Blicke. Doch sobald diese Blicke eindeutig begehrlich wurden, verlor ich das Interesse. Mir war das zu tierisch. Männer stinken. Sie grölen. Sie lassen sich gehen. Sie mögen Fußball, Boxen, Autorennen. Autos überhaupt. Und vor allem dicke Brüste. Ich hatte keine dicken Brüste, die fand ich eklig. Am liebsten trug ich eng anliegende Sport-BHs mit breiten Trägern, die praktisch waren, keine störenden Bügel und auch keine Stickereien hatten. Sie sollten nicht betonen, sondern verbergen – das war mir wichtig. Nur für meine Dirndl musste ich meine Brüste in enge Dirndl-BHs quetschen.

Männer liebten Action-Filme. Darin schlugen sich die Menschen, traten aufeinander ein, ballerten um sich. Das alles ertrug ich nicht und verstand nicht, warum man so etwas zeigte.

Ich mochte nur einen einzigen Mann und das war Basti. Doch der zählte eigentlich nicht, denn er war schwul.

Beim Ausräumen und Säubern des Autos sah ich die rote Kiste auf der Rückbank. Die hatte ich komplett vergessen. Ich hätte sie mit Heike auspacken sollen. Doch dazu war es zu spät. Ich packte sie in eine Ecke, um sie beim nächsten Besuch wieder mit nach Hause zu nehmen. Nach Hause – wie das klang. Ich hatte kein zu Hause. Ich wusste nicht einmal, ob ich Heike noch einmal besuchen wollte. Oder Mutter. Oma vielleicht.

Basti

Sebastian war unser Koch und mein bester Freund. Außer der Chefin riefen ihn alle Basti. Er gab jedem, mit dem er sprach, das Gefühl, die wichtigste Person auf der ganzen Welt für ihn zu sein. Das war wohl der Grund dafür, dass ihn jeder mochte. Er wandte sich seinem Gesprächspartner voll zu und blendete sein Umfeld komplett aus. Das gefiel mir.

Mir gefiel auch, dass er niemals zwei Dinge gleichzeitig tat. Alles, was er machte, hatte seine volle Aufmerksamkeit.

Wir waren im gleichen Alter, liebten beide unser einfaches, strukturiertes Leben und die Berge.

Unsere Zimmer lagen im obersten Stock nebeneinander. So hatten wir den gleichen Blick über die Wiesen mit großen alten Bäumen bis hinüber zu den Bergen. Nichts beruhigte mich so schnell und nachhaltig wie der Blick aus meinem Fenster. Basti ging es ebenso.

So oft wie möglich saßen wir beisammen und quatschten über Gott und die Welt. Einen Fernseher brauchten wir nicht.

Filme sind mir meist zu unwirklich. Die Leute rennen durch ihre Büros und reden alle gleichzeitig. So benimmt sich kein Mensch, jedenfalls keiner, den ich kenne.

Reportagen verstehe ich noch weniger. Meist werden mehrere Geschichten gleichzeitig erzählt. Ich würde mich lieber auf eine nach der anderen von Anfang bis zum Schluss konzentrieren.

Nein, einen Fernsehgerät brauchte ich wirklich nicht.

Doch Basti brauchte Bücher. Ich mochte keine Bücher. Wahrscheinlich, weil sie mich an Heike erinnerten, die nie von ihren Büchern aufschaute. Doch schon das erste Buch, das mir Basti zum Lesen gab, fesselte mich. Und mir wurde klar, dass die Bücher keine Schuld an Heikes Sprachlosigkeit trugen.

Mit Basti konnte ich über alles reden. Er war der einzige Mensch, dem ich von Felix erzählte. Ich erzählte ihm auch von meiner schweigsamen Schwester, unserer lieblosen Mutter und von Oma, vom Brand und von meinem verstorbenen Vater. Auch davon, dass ich glaubte, einen anderen Vater als Heike zu haben.

Basti hörte zu. Er unterbrach mich nie, nickte nur hin und wieder oder brummte an manchen Stellen. Meist sah er mich nur an. Er konnte wunderbar liebevoll schauen. Erst, wenn ich fertig war, fing er an zu reden.

66

„Was hättest du in deinem Leben gern anders gemacht?", fragte er mich einmal.

Zuerst dachte ich natürlich zuerst an Felix. Ich bedauerte sehr, ihn nicht bekommen zu haben und trauerte um mein ungeborenes Kind. Trotzdem war mir klar, dass ich richtig entschieden hatte.

„Mit meinem heutigen Wissen hätte ich wohl einiges anders gemacht." Doch dann schüttelte ich den Kopf. „Nein. Mein anderes Leben wäre wohl kaum wesentlich anders verlaufen."

Basti glaubte anfangs, ich sei unglücklich über mein Leben, weil so vieles schief gelaufen war. Doch das empfand ich keineswegs so. Die Dinge sind wie sie sind. Es bringt nichts, sie ändern zu wollen. Denn alles geht wie es geht und man kann nichts dagegen ausrichten. Nichts.

Basti suchte nach dem Sinn des Daseins. Das hielt ich für absolut sinnlos, denn es reichte vollkommen, dass man da ist.

„Was ist eigentlich mit der Kiste?", fragte er eines Abends.

„Welche Kiste?"

„Die rote, die dir der Anwalt gegeben hat. Vielleicht sind dort Dokumente drin oder Fotos. Irgendwas eben, das dir hilft."

Basti hatte recht. Trotzdem fragte ich: „Sollte

ich sie nicht lieber mit Heike zusammen öffnen?"

„Vielleicht. Doch ich an deiner Stelle würde nicht so lange warten."

Zwei Tage später habe ich die Kiste geöffnet. Ich hätte sie genauso gut gleich in den Müll werfen können. Es war nur Unsinn drin. Nichts von Wert und nichts, was ich hätte verwenden können. Keine Briefe, keine Dokumente, kein Tagebuch. Nicht, dass ich unbedingt Mutters Tagebuch hätte lesen wollen. Was hätte sie schon aufschreiben können? Wie sehr sie Vater vermisste? Vielleicht *meinen* Vater? Ein Foto vielleicht oder sogar eine Adresse. Auch Mutters Schmuck fehlte. Durfte den ein Anwalt einfach behalten? Oder war er bei Oma oder bei Mutter im Heim?

Basti tröstete mich. Er nahm mich in seine Arme und wiegte mich hin und her. So lange, bis ich ruhiger wurde.

Umarmungen kannte ich von daheim nicht. Ich hatte es mein Leben lang vermisst, geherzt und geküsst zu werden. Als ich noch sehr klein war, forderte ich laut schreiend Aufmerksamkeit. Doch ich bekam sie nicht und gab irgendwann auf. Meine Familie schien kein Bedürfnis nach körperlicher Nähe zu haben. Und sie hatte auch kein Bedürfnis zu sprechen. Ganz so wortlos wie Heike war zwar keiner, doch immerhin sehr zurückhaltend und ruhig.

Ich dagegen wurde schon immer schnell wütend und laut, schrie meinen Ärger aus mir heraus. Danach ging es mir gut und alles war für mich wieder in Ordnung. Ich war nicht nachtragend. Leider verursachte mein lauter Zorn nachhaltigen Ärger in meiner Familie, während ich den Grund für meinen Wutausbruch längst vergessen hatte.

Als Kind wurde ich ständig ermahnt: „Wut ist ungehörig! Du musst lernen, deine Gefühle unter Kontrolle zu bringen. So etwas zeigt man nicht."

Basti störte mein Temperament nicht, ganz im Gegenteil. Er ermutigte mich, meine Enttäuschungen und meinen Ärger nicht zu verstecken.

„Das macht krank", erklärte er. „Du bist sicher eine Mischung aus dem heiteren Sanguiniker und dem reizbaren Choleriker."

„Mischung aus was?"

Er lachte. „Es gibt vier Grundtemperamente und du bist eben ein Mischwerk aus zweien davon, der eine ist heiter, der andere reizbar."

Wieder lachte er. „Keiner kann aus seiner Haut. Deine Schwester ist passiv. Das nennt man Phlegmatiker."

Davon hatte ich noch nie vorher gehört. Doch

es tröstete mich, dass ich sein durfte wie ich bin.

„Deine Mutter gehört wohl zu den Melancholikern, wenn sie so viel geweint hat."

Seine Worten halfen mir, mich selbst zu mögen und nicht ständig zu fürchten, etwas falsches gesagt oder getan zu haben.

Basti war ebenso ruhig wie die Menschen in meiner Familie und doch ganz anders. Es war eine herzliche Ruhe, eine Ruhe, die mich beruhigte und nicht aggressiv machte wie früher daheim. Dabei hätte er äußerlich perfekt in meine Familie gepasst, denn er war ebenso groß und kräftig wie alle meine Verwandten. Normalerweise mag ich keine großen Männer, weil ich mich dann sofort klein und hilflos fühle. Doch bei Basti ist mir das nicht unangenehm, bei ihm fühle ich mich beschützt und behütet.

Ihm allein verdankte ich den Kontakt zu meiner Familie. Ohne sein Drängen hätte ich nie erfahren, dass meine Mutter im Heim ist und warum Heike nicht spricht. Er hatte mich ermuntert, sie anzurufen und sie zu besuchen. Und er überzeugte mich davon, Heike Briefe zu schicken.

Zuerst hatte ich keinen eigenen Computer, doch ich durfte in meiner Freizeit den im Büro benutzen. Mir machte es Freude, im Internet herumzusuchen und auf Facebook interessante Leute kennenzulernen. Ich liebte die Möglichkeit, Briefe direkt vom Computer aus zu versenden. Sie sind im gleichen Augenblick beim Empfänger und man erspart sich den Weg zur Post.

Briefe an Heike druckte ich anfangs aus. Doch bald hatte sie selbst einen Computer und wir schrieben uns Briefe übers Internet. Nicht oft, doch immerhin konnte ich an Heikes Leben teilhaben. Ich erfuhr wie nebenbei, dass sie Dennis geheiratet hatte. Eingeladen war ich nicht zur Hochzeit, was mich überhaupt nicht wunderte. Dass sie nie von Mutter oder Oma schrieb, verstand ich allerdings nicht. Hatten sie keinen Kontakt zueinander?

Bald hängte sie ihren Texten Fotos von Baby Lena, drei Jahre später von Lena mit Lukas und zuletzt von der kleinen Lilli an. Alle Namen begannen mit einem L – L wie Lust und Liebe. Beides passte nicht zu Heike, doch dass sie Wert auf Buchstaben legte, das passte sehr wohl.

Urlaub

Im November blieb unser Hotel geschlossen. Während dieser Zeit mussten alle meine

Kollegen ihren Jahresurlaub nehmen. Wer keine schulpflichtigen Kinder hatte, flog irgendwohin in die Sonne, wo es warm ist. Und da Basti und ich ohne Partner waren, verbrachten wir unseren Urlaub zusammen.

Er wollte immer fliegen. Das lag nicht allein daran, dass es im November nirgendwo in der Nähe schön ist. Seine Leidenschaft waren Flugzeuge. Er konnte vom Boden aus erkennen, welche Maschine gerade über uns hinwegflog und wusste genau, woher sie kam und wohin sie flog. Er hatte mir im Internet eine Art Flugradar gezeigt, wonach er jedes Flugzeug genau identifizieren konnte.

Im ersten Jahr flogen wir nach Spanien. Basti hatte ein hervorragendes Hotel in Malaga gebucht. Mir imponierte das riesige Hotel mit all seinen Wellness-Angeboten. Von der Küche war ich absolut begeistert, während Basti immer etwas zu nörgeln hatte. Mal war die Soße zu ölig, mal der Fisch nicht frisch genug, mal der Orangensaft ungekühlt.

Wir unternahmen einige interessante Wanderungen durch die nahen Berge, zum Baden im Meer war es zu kalt. In sommerlicher Hitze wäre die Gegend für mich allerdings unerträglich gewesen.

Im Jahr darauf wollte Basti unbedingt nach Amerika und ich ließ mich von dieser Idee anstecken. Dazu musste ich einen Reisepass beantragen. Basti kümmerte sich um die elektronische Einreiseerlaubnis und ließ sich gegen Hepatitis A und B impfen. Das ging mir allerdings entschieden zu weit. Ich hielt ohnehin nichts von Impfen, bei denen man die vielleicht fünffache Dosis des Erregers eingespritzt bekam. Ich konnte mir einfach nicht vorstellen, dass dies gesund sein sollte.

Wir verbrachten drei Wochen am Strand von Florida, wo ich mich furchtbar langweilte, während Basti jeder Badehose hinterher schaute. Er verliebte sich sehr schnell im Urlaub, doch immer unglücklich. Obwohl wir über alles sprechen konnten, über seine Liebschaften sprach Basti nie.

Er wollte im darauf folgendem Jahr an die Westküste der USA. Doch ich hatte keine Lust mehr auf solch einen weiten Flug.

Somit fielen auch Australien und sämtliche Länder in Fernost aus, die Basti als Alternative vorschlug.

Wir versuchten es mit Fuerteventura. Doch dort war es kalt. Die Einheimischen meinten, dass man normalerweise im November ins Meer könnte. Ich hatte während der ganzen Zeit schlechte Laune, weil mich die kahle Landschaft so deprimierte. Außerdem passte mir die Küche nicht. Es gab zwar Fisch, doch eher die vor Ort gefangenen Langusten, Muscheln und Sardinen, was nun gar nicht nach meinem Geschmack war. Fleisch gab es zwar auch, doch das musste importiert werden, weil auf der Insel kaum Tiere gehalten wurden. Das nützte mir nichts, denn mich interessierte nur die einheimische Küche.

Danach weigerte ich mich, noch einmal zu fliegen. Mir war es ohnehin nicht geheuer, in so einer großen Maschine voller Menschen tausende Meter über der Erde zu sein. Das machte mir jedes Mal große Angst und ich sah nicht ein, mich dieser Angst freiwillig auszusetzen.

Also fuhren wir mit dem Auto nach Frankreich. Hier war Basti in seinem Element. Er sprach recht gut Französisch und sogar unsere Namen französisch aus: Sebastjong und Marjong, was mich köstlich amüsierte. Eigentlich glaubte ich, mit meinen Schulkenntnissen normalen Unterhaltungen folgen zu können. Leider gab es kaum Gespräche mit den Einheimischen. Sie mochten uns nicht, weil wir Deutsche waren. Deshalb verließen wir Avignon und fuhren Richtung Norden. Doch dort wurde das Wetter immer schlechter. Die Kälte störte mich nicht, aber es regnete jeden Tag.

Zudem ging mir das ewige Getue ums Essen auf die Nerven. Es schmeckte nicht besser als bei uns im Hotel, doch jedes noch so schlichte Gericht wurde zelebriert wie ein Gang in die Kirche. Basti reagierte empört, weil ich die Französische Küche nicht gebührend zu schätzen wusste und schimpfte, ich hätte einfach keine Ahnung.

Am Ende fuhr er allein mir zuliebe über Mailand zurück. Dort fühlte ich mich sofort wohl zwischen den lauten und fröhlichen Menschen, fast heimisch. Am liebsten wäre ich noch länger geblieben, doch unser Urlaub ging zur Neige. Außerdem hatte man unser Auto aufgebrochen und das Gepäck gestohlen. Basti schimpfte laut auf sämtliche Italiener, doch ich fand den Diebstahl nicht weiter tragisch, weil es ohnehin nur schmutzige Wäsche betraf. Meinen Kosmetikkoffer hatten sie zwar ausgeschüttet, doch nichts mitgenommen. Offenbar suchten sie nach Schmuck – vergeblich, denn ich trug immer nur meine Perlenkette und dazu passende Ohrstecker.

Im Jahr darauf buchte er eine Segeltour für uns. Er meinte, die Kanaren unter Segeln erleben bedeutet Genießen, Entspannen, Entdecken. Ich sah ein, dass ich wieder in ein Flugzeug steigen musste, es ging nicht anders. Wir flogen nach Teneriffa und fanden schnell den Hafen und die wunderschöne Segelyacht mit dem noch schöneren Namen *Bavaria*. Leider machte mir die Enge des Schiffes schwer zu schaffen. Das Bett war zwar breit und bequem, entschädigte mich allerdings keinesfalls für die viel zu geringe Kopffreiheit. Obendrein gab es kein Fenster. Ich fühlte mich wie lebendig begraben und schlich jede Nacht auf Deck. An ein Entspannen war bei dem ständigen Geschaukel nicht zu denken.

Tagsüber schipperten wir an der Küste entlang oder zu den nahen Inseln. Ständig wurde die Richtung geändert und ich hatte das Gefühl, bei diesem ewigen Hin und Her überhaupt nicht vorwärts zu kommen. Bastis Begeisterung konnte ich beim besten Willen nicht teilen. Offenbar ging es nicht ums Ankommen, sondern allein um das Segelvergnügen.

Als Basti eine Woche anhing, um seinen Sportsegelschein zu machen, ging ich von Bord. Für mich war Segeln vollkommen nutzlos. Ich blieb lieber in einem Hotel. Nach diesem Urlaub schwor ich mir, nie wieder ans Meer zu reisen. Es war zu deprimierend für mich. Schon als Kind bekam ich schlechte Laune, wenn ich die Sommerferien an der Ostsee verbringen musste.

2017

Basti überredet mich, in diesem Jahr meinen Urlaub in meiner alten Heimat zu verbringen, um meine Familie zu besuchen. Lust habe ich keine, doch Basti behauptet, dass man den Kontakt zur Familie pflegen muss.

Die Wahrheit ist, dass er weit weg fliegt und zwar allein. Er will seinen Urlaub in San Francisco verbringen, zwölf Flugstunden von München entfernt. Und das alles, um sich *The Castro* anzuschauen, das angeblich weltweit bedeutendste Schwulenviertel. Mir ist nicht wohl dabei.

Da ich weder bei Heike noch bei Oma wohnen will, nehme ich mir ein Hotelzimmer direkt am Marktplatz.

Ich schicke Basti eine SMS. „Bin angekommen Bussi Marion."

Er ruft sofort zurück. „Hast du deine Mutter besucht?"

„Ja. Ich habe ihr Blumen gebracht. Sie hat sich gefreut."

Mich wundert, wie leicht und überzeugend mir

diese Lüge über die Lippen kommt, da ich doch keinerlei Erfahrung im Lügen habe. Ich hasse Lügen. Meiner Meinung nach muss man niemals lügen. Jeder kann die Wahrheit verkraften. Außerdem ist mir das Lügen viel zu anstrengend. Man muss aufpassen, darf nichts durcheinander bringen, nichts verwechseln. Wenn ich Basti anlüge, ist das kein gutes Zeichen. Ach was, es ist Bequemlichkeit.

„Siehst du, es war gut, dass du nach Hause gefahren bist."

Nach Hause. Mein Zuhause ist ganz sicher nicht hier bei meiner Mutter im Pflegeheim. Ich brumme etwas und frage, ob er schon abgeflogen ist.

„Nein, ich bin noch in München. Doch der Flug ist bereits aufgerufen, ich muss los."

„Gute Reise, mein Freund, pass auf dich auf!" Was sollte ich sonst schon sagen? Schnell drücke ich das Gespräch weg.

Ich nehme meine Jacke und bummle durch die Stadt. Es ist seltsam, dass ich keine Heimat-gefühle entwickle. Mir ist alles vertraut und gleichzeitig fremd. Ich finde keinen Zugang zu den Plätzen und den schmalen Gassen, nicht einmal zum Park mit dem wunderschönen Schwanen-Schlösschen mitten im See. Heute dümpeln keine kleinen Boote auf dem Wasser, es ist zu kalt. Ich erinnere mich, dass die Boote früher alle mit einem Schwanenkopf aus Holz geschmückt waren. Ob das heute noch so ist?

Morgen werde ich die Mutter besuchen, heute nicht. Am Tag darauf gehe ich zu Oma und zum Schluss zu Heike. Dann kommt ein familienfreier Tag. Vielleicht fahre ich hinauf ins Erzgebirge und hoffe, dass schon Schnee liegt.

Ich weiß nicht, was ich sonst noch in der Stadt machen kann. Alte Schulfreunde aufsuchen? Ich denke an Steffi, die während der ganzen Jahre in der Schule neben mir saß. In meiner Freizeit sah ich sie nie, weil sie keine Freizeit hatte. Sie spielte wie ihre Eltern Volleyball in einem Sportverein und ging außerdem zum Turnen. Ich konnte das nie verstehen, denn spielen konnten wir draußen im Park viel besser oder schwimmen gehen, wann immer wir wollten. Doch Steffi durfte in der Woche keinen einzigen Trainingstag und am Wochenende keinen der Wettkämpfe verpassen. Anfangs glaubte ich, dass Steffis Eltern sie dazu zwangen, doch ich merkte schnell, wie eifrig sie selbst dabei war. Sie machte sich freiwillig komplett von diesen Vereinen abhängig und betrieb den Sport so ernsthaft wie eine Religion.

Vor zwei Wochen bin ich freiwillig hierher zurück gekommen, um meine Familie zu besuchen. Morgens nehme ich mir immer viel Zeit für das Frühstück. Dann bummle ich durch die Stadt, esse irgendwo zu Mittag und fahre abwechselnd zu Heike, unserer Mutter und Oma. Mehr als einen Besuch pro Tag verkrafte ich nicht und halte mich auch nie länger als eine Stunde auf. Zehn Tage bleiben mir noch. Dann sehe ich Basti wieder und habe meinen gewohnten Tagesablauf im Hotel.

Heute bin ich bei Oma. Sie hat meine geliebten Kräbbelchen gebacken. Doch irgend etwas ist anders, das habe ich bereits an den anderen Tagen gespürt. Jetzt fällt es mir auf: Oma strickt nicht.

„Du strickst nicht?"

„Nein, das verdirbt nur die Augen, Kindchen."

„Aber du hast doch immer gestrickt!", rufe ich verwundert aus.

Oma ohne Stricknadeln in der Hand und ohne den Korb Wolle neben dem Sessel ist ein völlig ungewohntes Bild.

„Eben. Ich habe immer gestrickt und jetzt stricke ich nicht mehr. Die Babyschuhe in der letzten Woche waren eine Ausnahme."

„Was tust du dann mit all deiner Zeit?"

„Ich reise", verkündet sie stolz. „Deine Karten."

Ich verstehe nicht ganz, schaue sie an und

warte auf nähere Erklärungen.

„Du hast mir in jedem Jahr so schöne Karten geschickt. Ich will überall hin, wo du warst. Ich will das alles sehen. Auf Fuerteventura und in Frankreich war ich schon. Im nächsten Jahr fliege ich nach Amerika."

„Oma!"

„Wage es nicht, mich davon abzubringen!"

„Nein. Ich wusste nur nicht … ich dachte … Ach, ich finde es gut." Ich umarme sie und sie macht sich steif wie immer. „Du hast nie etwas davon erzählt", sage ich.

„Du hast nie danach gefragt, Mädchen."

Aber nach Vater habe ich gefragt, denke ich.

Oma steht auf und geht in ihre Schlafstube. Ich höre sie in einem Schrank rumoren und räume inzwischen das Kaffeegeschirr weg.

Die Schachtel

„Hier! Das ist noch von deiner Mutter."

Oma reicht mir eine kleine grüne Schachtel, die mit einem Band umwickelt und einer Schleife zugebunden ist.

Verwundert schaue ich zuerst auf die Schachtel und dann auf Oma. Weil ich nicht sofort zugreife, lässt sie die Schachtel einfach auf den Tisch fallen.

„Mach sie daheim auf! Es ist sowieso nichts gescheites drinnen. Nimm!", fordert sie mich auf. „Deiner Mutter nützt der Kram nichts mehr."

Natürlich warte ich nicht, bis ich daheim bin, sondern setze mich sofort in meinem Hotelzimmer aufs Bett. Ich ziehe vorsichtig die Schleife auf und lege das Band zur Seite.
Obenauf liegt ein Mäppchen mit Nähgarn, das eine Werbung von einem Hotel trägt. Hat meine Mutter jemals genäht? Ich kann mich nicht daran erinnern. Darunter ist ein kleines Heftchen voller Zahlen oder Daten, mit denen ich nichts anfangen kann. Unter dem Heft liegen Fotos. Fotos von mir und Heike. Heike als Baby, ich mit einer Schultüte, wir beide vor dem Weihnachtsbaum. Ich muss ungefähr sieben oder acht Jahre alt gewesen sein und sehe neben Heike klein und zierlich aus, obwohl ich vier Jahre älter bin als sie. Heike schaut ernst, während ich direkt in die Kamera lache.
Ich nehme die Fotos in die Hand und drehe sie um. Doch es steht kein Datum auf der Rückseite, sondern Marion und in Klammern *Stern des Meeres*, Heike (Einfriedung). So ein Quatsch. Mutter war schon immer seltsam, doch diese albernen Bemerkungen hinter unseren Namen kann ich mir nicht erklären. Da

kommt mir eine Idee und ich gebe Marion in die Suchmaschine meines Handys ein und lese als Bedeutung des Namens zuerst *frz. Koseform von Maria.* Das gefällt mir. Maria ist ein schöner Name.

Darunter lese ich *ital. Stern des Meeres.* Stern des Meeres. Das klingt hübsch, doch ich mag das Meer nicht. Mutter und all ihre Verwandten mochten es dagegen sehr. Hatte Mutter meinen Namen danach ausgesucht? Vermutlich mochte ich ihn deshalb nicht, weil er mich auch ohne dieses Wissen an das ungeliebte Meer erinnerte.

Dann lese ich weiter und finde *Der Geliebte, die Verbitterte.* Nun verstehe ich gar nichts mehr. Die völlig verschiedenen Deutungen eines einzigen Namens irritieren mich. Marion als Koseform von Maria erscheint mir logisch Doch wie kann Marion gleichzeitig Geliebte und Verbitterte heißen?

Heike bedeutet Einfriedung, Zaun. Das passt zu Heike, weil sie so verschlossen ist, als hätte sie einen Zaun oder gar eine Mauer um sich errichtet. Ob Mutter schon vorher wusste, dass mit Heike etwas nicht stimmt? Wie dem auch sei, sie hatte sich Gedanken um unsere Namen gemacht. Das habe ich ihr gar nicht zugetraut.

Ich krame weiter in der Schachtel und entdecke

noch mehr Bilder. Ein sehr altes Foto von meinen Großeltern. Jedenfalls glaube ich, dass es meine Großeltern sind. Es ist ein Hochzeitsbild. Meinen Opa habe ich nie kennengelernt, Oma hat auch nie von ihm erzählt.

Auf einem anderen Foto ist ein junger Mann mit schwarzen Locken und dunklen Augen, der fröhlich in die Kamera lacht. Es ist ein sehr offenes nettes Lachen, das mir irgendwie bekannt vorkommt. Der Mann streckt einen Arm in Richtung Kamera aus, als wolle er jemanden heranziehen. Auf der Rückseite steht *Mario,* der Punkt auf dem I ist ein Herz.

Auf dem nächsten Bild sehe ich ein junges, offensichtlich verliebtes Paar am Strand. Der Mann, es ist der gleiche wie auf dem anderen Foto, hält eine blonde junge Frau im Arm, die mir vertraut erscheint. Sie ist ein Stück größer als er und wirkt kräftiger. Sollte das Mutter sein? Die Frau oder das Mädchen lacht. Ich habe Mutter noch nie so glücklich lachen sehen. Ich drehe das Bild um und lese *Strand 1984.* Da war Mutter 22 Jahre alt. Das Wasser ist derart türkisblau, dass es unmöglich die Ostsee sein kann. Ich wusste nicht, dass Mutter mal im Ausland war. Ich wusste so vieles nicht von ihr, eigentlich gar nichts.

Ich falte einen Zettel auseinander, auf dem mit

schöner Handschrift geschrieben steht:

Mi dispiache, Signor Mario Mondetti avuto un incidente, putroppo murtale.

Was heißt das? Obwohl ich ein klein wenig Italienisch verstehe, was man so in einem Hotel braucht, kann ich den Satz nicht vollständig übersetzen und gebe ihn im Internet ein. Dann drücke ich auf *Übersetzen.*

Ich bedaure, Herr Mario Mondetti ist leider tödlich verunglückt.

Die Unterschrift fehlt, auch gibt es keinen Briefumschlag mit einem Absender. Ich finde noch einen Zeitungsschnipsel. Der Text darauf ist kaum zu entziffern, weil die Schrift stark verwischt und das Papier abgegriffen ist. Wenn dieser Mario mein Vater ist, hat Mutter den Zeitungsfetzen wohl tausend Mal in der Hand gehalten, geweint und den Inhalt nicht glauben können.

Sie sagte doch zu mir, dass sie nicht glaubt, dass Mario gestorben wäre, dafür sei er zu jung. Ich dachte damals, sie spricht von Vater, der schließlich ebenfalls jung starb. Dabei meinte sie den anderen Vater, MEINEN Vater.

Ich lege das Foto von Mario und das von mir mit der Zuckertüte nebeneinander. Nun sehe ich deutlich, weshalb mir das Lachen so bekannt vorkommt: Mario lacht auf die gleiche Art wie ich. Und es sind die gleichen schwarzen

Locken und Augen. Mir steckt plötzlich ein dicker Kloß im Hals und ich möchte weinen. Dabei kenne ich meinen Vater gar nicht. War er ein freundlicher Mensch? Mochte er wie Mutter das Meer oder die Berge wie ich?

Ich nehme mir noch einmal den Zeitungsausschnitt vor. Die wenigen lesbaren Worte lassen mich einen Motorradunfall auf einer schmalen Bergstraße vermuten. Die Zahl 24 kann ich erkennen. Ist mein Vater nur vierundzwanzig Jahre alt geworden? Und das Wort Familie entziffere ich, doch ringsum nichts weiter. Hatte mein Vater eine eigene Familie, also Frau und Kind hinterlassen? Hatte er so jung bereits Kinder? Möglich wäre es, denn als ich geboren wurde, war Mutter dreiundzwanzig Jahre alt, Heike hatte im gleichen Alter bereits zwei Kinder und ich selbst war schon mit siebzehn schwanger.

Jetzt begreife ich die ganze tragische Bedeutung meines Namens und verstehe die große Not meiner Mutter. Mario war ihr Geliebter und mein Vater. Und verbittert war sie selbst, nachdem sie von seinem Tod erfuhr. Immer, wenn sie mich ansah, sah sie gleichzeitig Mario vor sich. Das hat sie wohl nie ertragen.

Mein richtiger Vater lebt also nicht mehr. Das

tut mir leid, jetzt, da ich darüber nachdenke. Ich hätte ihn gern kennengelernt. Ob es noch eine Familie gibt? In seiner Heimat vielleicht, in Italien. Die Italiener haben immer große Familien. Sie lieben ihre großen Familien. Ob sie wissen, dass es mich gibt? Sicher nicht, in diesem Fall hätten sie nach mir gesucht.

Ich gebe den Ort, der in dem Zeitungsbericht steht, in meine Suchmaschine ein. Er hat nur 196 Einwohner und liegt in den Apenninen. Der nächste größere Ort ist Genua. Gibt es in solch einem winzigen Dorf einen Friedhof? Eine Kirche ist jedenfalls deutlich auf einem der Bilder zu erkennen. Ob ich einfach hinfahre? Zeit hätte ich, fast zehn Tage. Doch ich verwerfe den Gedanken sofort. Es bringt nichts. Man soll die Vergangenheit ruhen lassen. Außerdem ist dieser Mario tot.

Jedenfalls weiß ich jetzt, warum ich schwarze Haare habe und woher meine Liebe zu den Bergen kommt. Irgendwie beruhigt mich das.

Heike

Ich muss unbedingt mit jemandem reden. Basti ist in San Franzisko und erst in gut einer Woche zurück. So lange kann ich unmöglich warten.

Mir fällt meine Schwester ein. Ihr könnte ich alles über meinen Vater erzählen. Sie würde mir zuhören, vielleicht hin und wieder nicken, mich aber nicht unterbrechen. Allerdings würde sie mir nicht wie Basti einen Rat geben. Doch darauf kommt es mir jetzt nicht an. Ich wähle sofort ihre Nummer.

„Bist du allein?"

Heike antwortet nicht.

„Kann ich kommen?"

Wieder keine Antwort.

„Heike, ich fahre jetzt los und bin in zwanzig Minuten bei dir. Sag, wenn es dir nicht passt."

„Dennis ist weg", höre ich ihre leise Stimme.

Gut. Ich lege auf und freue mich, dass Dennis nicht daheim ist. Ich mag diesen schmierigen Typ nicht und er mag mich auch nicht. Mir ist er zu steif, ein Anwalt eben. Einer, der immer etwas herablassend tut, als wäre es eine Gnade, wenn er sich mit mir unterhält. Mit Heike macht er es nicht anders. In seinen Augen ist sie vermutlich nichts anderes als eine bequeme Putze, die hervorragend kocht und sich um die Kinder kümmert. Mit mir dürfte er nicht so umgehen. Ich begreife nicht, was Heike in ihm sieht. Sie behauptet, ihn zu lieben. Doch ich kann mir nicht vorstellen, dass sie überhaupt lieben kann.

Ich liebe meine Schwester. Doch manchmal

glaube ich, es ist wohl eher eine Art Pflichtgefühl, wahrscheinlich, weil sie inzwischen erwachsen und verheiratet ist. Sie sieht sich wohl selbst nicht so sehr als Schwester denn als Mutter und Ehefrau. Ausgesucht hat sie sich diese Rolle wohl nicht, doch sie scheint zufrieden damit. Ich kann mir nicht vorstellen, dass sie nach einem Mann gesucht hatte. Manchmal denke ich an die erste Begegnung zwischen ihr und Dennis zurück, als Heike in dieser Kanzlei plötzlich zu sprechen begann. So etwas nennt man Liebe auf den ersten Blick. So etwas hält ein Leben lang. Heike und Dennis leben glücklich mit ihren drei Kindern in einem schönen Haus mit Garten am Stadtrand.

Sie sitzt am Tisch und schaut ihren Kindern beim Essen zu. Lena ist ihrem Vater sehr ähnlich. Sie isst wie eine Erwachsene und schaut streng auf ihre kleinen Geschwister, bereit, sie sofort zu tadeln.
„Lass das!", faucht sie Lukas an, der Löcher in sein Brot bohrt.
Warum sagt Heike nichts? Sie hat schon früher kaum gesprochen. Doch ich stellte mir immer vor, dass sie durch die Kinder munterer geworden ist, mit ihnen lacht und singt oder wenigstens mit ihnen redet.

Kinder. Da ist es wieder. Mir scheint, als wäre die Abtreibung erst gestern gewesen, so gegenwärtig ist sie mir, dabei ist sie bereits fünfzehn Jahre her. Ich kann es nicht verhindern, daran erinnert zu werden, auch wenn ich von mir aus dieses Thema weit von mir fern halte.

Manchmal werde ich gefragt, ob ich Kinder habe. Ich kann freundlich „Nein" sagen und zwar so bestimmt, dass keine weiteren Fragen folgen. Doch mir wird sofort schlecht danach, ich muss den Ort, die Umgebung wechseln und schnell etwas anderes tun. Etwas, wobei ich gründlich nachdenken muss. Sonst halte ich es nicht aus.

Die kleine Lilli sitzt im Kinderstuhl und klopft mit dem Löffel auf den Tisch. Ihr ganzes Gesicht ist vollgeschmiert. Ich greife nach dem Latz und wische der Kleinen rund um den Mund den Batz weg. Lukas wirft mit einer Scheibe Käse.

„Essen deine Kinder immer so?", frage ich empört und zeige mit der Hand auf den bekleckerten Tisch.

Heike schaut nicht einmal auf. Dass sie nicht redet, bin ich gewöhnt. Doch ich hielt sie für eine Superhausfrau, die immer alles richtig macht. Sie kauft nie Dosen oder Fertigkost, sondern bereitet alles frisch zu. Wie sieht es überhaupt in der Küche aus? Überall liegen aufgerissene Packungen, sogar auf dem Boden. Ich stelle die Teller zusammen und staple sie zu dem anderen schmutzigen Geschirr in der Spüle.

Heike umklammert ihr Glas. Sie trinkt immer erst, wenn sie alles aufgegessen hat. Ich dagegen muss jeden Bissen hinunterspülen. Am liebsten mit Wein, bei Kuchen funktioniert auch Kaffee.

„Was ist mit dir?", will ich wissen.

Heike schaut nicht auf, zieht nur mit dem Finger Kreise durch eine Pfütze auf dem Tisch.

„Dennis ist weg."

„Weg? Wie meinst du das?"

„Weg eben." Ihre Stimme ist völlig frei von jeglicher Emotion.

„Wieder mal zu einer Schulung oder einem Kongress?"

Heike reagiert nicht.

„Kannst du dich nicht deutlicher ausdrücken?" Schon wieder kocht Wut in mir hoch und ich stehe auf. Ich muss etwas tun, das mich ablenkt von dem Wunsch, Heike, die so apathisch vor sich hin stiert, eine runter-zuhauen. Ich gehe die drei Schritte bis zum Fenster und schaue hinaus in den Garten. Die Blumen stehen in Reih und Glied, hübsch eingefasst von weißen Steinen. Ein schönes

Bild, doch ein buntes Durcheinander auf einer Wiese wäre mir lieber. Ich drehe mich zu Heike um.

Sie schaut noch immer nicht vom Tisch hoch.

„Geht euch waschen!", sagt sie leise zu den Kindern. „Lena, kümmere dich um die Kleinen!"

Lena steht auf, hebt Lilli geschickt aus dem Babystühlchen und gibt Lukas einen Klaps auf die Schulter. Der Junge schreit lauf auf, als hätte ihm Lena weh getan. Ich zucke unwillkürlich zusammen. Immer wieder erstaunt mich das unglaublich laute Organ der Kinder, obwohl sie selbst so klein sind. Wie bei Vögeln. Die sind so winzig, dass man sie im Baum nicht sieht, doch man hört sie weithin piepsen und trällern. Besonders am frühen Morgen.

„Er hat mich verlassen."

Erschrocken fahre ich hoch. „Dennis? Dieses Schwein!", zische ich.

Ich konnte ihn von Anfang an nicht leiden. Er ist mir einfach zu glatt. Wie geht man mit einem Anwalt um, der Dennis heißt? Das ist lächerlich. Trotzdem lache ich nicht. Wie kann er es wagen, Heike mit drei kleinen Kindern sitzen zu lassen?

„Er hat eine Jüngere", erklärt Heike.

„Eine Jüngere? Du bist Achtundzwanzig! Wie jung ist denn die Jüngere?", fauche ich wütend.

Heike zuckt mit der Schulter. „Celine heißt sie."

Celine. Das klingt genauso albern wie Dennis.

„Sie jobbt in der Kanzlei, macht wohl gerade ihr Abitur."

Als Heike Dennis kennenlernte, war sie gerade achtzehn, genau wie diese Celine.

Heike dreht weiter mit ihrem Finger Kreise in der Pfütze auf dem Tisch. Ich lege meine Hand auf ihren Arm.

„Wie stellt er sich das vor? Ich meine, ihr habt drei Kinder. Er kann doch nicht einfach abhauen."

„Sie ist schwanger."

Verdammt! Wiederholt sich in unserer Familie jede Geschichte immer und immer wieder? Anders ist, dass Dennis nicht die Schwangere verlässt, sondern Heike. Sie bleibt allein mit drei kleinen Kindern.

„Will er sich scheiden lassen?", bohre ich nach.

Sie zuckt mit der Schulter. Heißt das nun Ja oder Nein? Meiner Meinung nach rühren Scheidungen daher, dass die Partner einander nicht kennen und nicht einmal versuchen, sich kennenzulernen. Es liegt nicht daran, dass Heike nicht spricht, das wusste Dennis schon, bevor sie Kinder hatten. Lena ist immerhin schon acht.

Wie bringt es ein Mensch fertig, sich aus der Verantwortung für seine drei Kinder zu stehlen? Kann er nicht warten, bis die kleine Lilli wenigstens fünfzehn oder sechzehn Jahre alt ist? Man kann doch nicht Kinder in die Welt setzen, dann abhauen und anderswo neue Kinder zeugen. Wie soll das funktionieren?

Heike weint nicht. Heike tobt nicht. Ich an ihrer Stelle hätte diesem Dennis die Hölle heiß gemacht, zum Beispiel seine feinen Anzüge zerschnitten. Und auf jeden Fall viel Geschirr zerschlagen, am besten gleich ein ganzes Service. Doch dazu ist Heike nicht fähig, viel zu gefasst.

Ich weiß nicht, was ich sagen soll oder wie ich Heike trösten kann. Sie ist ohnehin untröstlich. Glaube ich zumindest. Ich habe so viel Wut in mir, dass ich nicht einfach so sitzenbleiben kann. Also stehe ich wieder auf und hole einen Lappen, um den Tisch abzuwischen.

Von meiner Entdeckung in Mutters Schachtel kann ich erst einmal nichts erzählen. Oder doch? Vielleicht lenkt es Heike ab?

Ich greife also in meine Tasche, hole die Schachtel hervor und stelle sie auf den Tisch. Heike reagiert nicht. Ich trommle mit den Fingern auf den Deckel und schiebe sie näher zu Heike. Sie schaut nicht einmal auf.

„Da sind Fotos drin. Von uns. Von meinem Vater."

Heike reagiert nicht. Hat sie nicht gehört, dass

ich „von *meinem* Vater" sagte? Ich könnte sie ohrfeigen. Nie werde ich mich daran gewöhnen, dass sie immer nur schaut, ohne etwas zu sehen. Wie macht sie das in ihrer Bücherei? Schweigt sie da auch bloß? Wie kann man mit so jemanden arbeiten? Krankheit hin oder her. Ich bin keine Krankenschwester. Innerlich muss ich lachen, denn Schwester ist gut. Halbschwester statt Krankenschwester.

Unsere Beziehung war von Anfang an merkwürdig. Lag es daran, dass wir verschiedene Väter haben? Oder daran, dass Heike nicht spricht und demzufolge gar keine normale Beziehung mit ihr möglich ist? Oder ist das Merkwürdige normal? Vielleicht sind andere Geschwister neidisch aufeinander. Doch worauf hätte ich neidisch sein können? Heike war klug, viel intelligenter als ich. Sie wusste nur nichts damit anzufangen. Ich liebe sie jedenfalls mehr als sie mich. Doch so genau weiß ich auch das nicht.

Wieder stehe ich auf. Dieses Mal öffne ich das Küchenfenster. Am liebsten würde ich gleich das schmutzige Geschirr abspülen, obwohl ich weiß, dass man so etwas nicht machen darf in fremden Küchen. Heike ist mir wirklich fremd, sehr fremd sogar. Wir haben nicht nur verschiedene Väter, sondern ganz verschiedene Wesen und Temperamente. Mir ist schleierhaft, wie es in ein und derselben Familie so unterschiedliche Menschen geben kann.

Jetzt reiße ich doch die Tür der Spülmaschine auf und staple die schmutzigen Teller und Gläser hinein. Heike scheint das nicht zu stören.

„Warum hat uns Mutter nichts erzählt?"

Heike zuckt mit der Schulter, immerhin eine Reaktion.

„Du hast ja Recht, sie hat uns nie etwas erzählt. Auch sonst niemand. Schöne Verwandtschaft. Ich hasse sie alle! Allesamt verlogen!", schreie ich plötzlich.

Jeder in unserer großen Familie muss es gewusst haben, dass ich einen anderen Vater habe, jeder. Und keiner wollte mit mir darüber sprechen, nicht einmal Oma und schon gar nicht Mutter. Dabei habe ich ein Recht auf die Wahrheit. Ich verstehe nicht, dass bei vielen Leuten das Leben auf Lügen basiert und dass sie ohne Lügen nicht leben können.

Mich macht Heikes Ruhe verrückt. Früher war das nicht so, da störte mich ihre ewige Ruhe kaum, doch heute werde ich sofort aggressiv.

Heike steht auf und geht wortlos an mir vorbei zur Tür hinaus. Was soll das jetzt wieder? Ich höre sie die Treppe hinauf steigen und leise mit den Kindern reden. Also hat sie ihre Sprache wiedergefunden. Oder sie kann nur mit ihren Kindern reden. Und mit Dennis.

Wie läuft das mit Dennis? Ist er froh, dass sie den Mund nicht aufbekommt? Oder nervt es ihn ebenso wie mich? Vielleicht hat sie in seiner Gegenwart geplappert wie ein Wasserfall. Nun, das ist nicht mein Problem. Mein Problem ist mein Vater. Nicht der, der sich sechs Jahre lang so lieb um mich gekümmert hat, sondern der andere, den ich nicht kenne.

Ich setze mich an den Tisch und warte. Heike kommt nicht. Ich sehe mich um und suche mit den Augen nach einer Flasche Wein. Irgendwo muss sie doch etwas zu trinken stehen haben. In den Schränken finde ich zumindest Gläser und nehme zwei heraus. Sicher steht der Wein ordentlich im Keller. Am Ende trinkt Heike keinen Alkohol. Ich habe keine Ahnung.

Was erwarte ich von meiner Schwester? Dass sie mir hilft? Wobei eigentlich? Bei der Suche nach meinem Vater. Was ist, wenn sie sagt, dass es sie nichts angeht und sie überhaupt nicht interessiert? Aber mich interessiert es und Heike ist meine Schwester. Halbschwester. Ist es deshalb nur halb interessant für sie? Sie wird es mir nicht sagen. Das ist mir plötzlich klar.

Ich seufze. Ganz so einfach wie im ersten Moment gedacht ist es offenbar nicht, mit ihr über meinen anderen Vater, meinen Erzeuger zu reden. Ich war immer die Bestimmerin, obwohl mir das nie etwas nützte. Eigentlich hielt ich mich bisher für die Selbstbewusstere. Doch ist es nicht so, dass Heike mit ihrer Ruhe und ihrer Gleichförmigkeit viel selbstbewusster ist als ich? Sie lässt sich durch nichts stören. Vielleicht nicht einmal durch das Verschwinden von Dennis.

Jedenfalls ist sie unserer Mutter viel ähnlicher als ich. Bin ich meinem Vater ähnlich? Optisch auf jeden Fall und sicher auch vom Wesen her. Ich möchte es wirklich gern wissen.

Ich gehe wieder ans Fenster. Es ist inzwischen dunkel. Der Abend ist schön, die Luft mild. Die Straßenlaternen brennen und ich sehe eine Frau, die einen kleinen Hund hinter sich her zerrt. Jetzt hockt sich das Vieh hin, die Frau bemerkt es nicht oder will es nicht bemerken und zieht einfach weiter. Am liebsten würde ich das Fenster öffnen und hinausschreien: „Räumen Sie den Haufen gefälligst weg!" Doch ich tue es nicht.

Ich denke an den Ausblick aus meinem Zimmerfenster. Am schönsten ist er, wenn die Sonne hinter den Bergen untergeht. Dann könnte ich nur schauen und alles um mich herum vergessen. Doch meist arbeite ich um diese Zeit und sehe den Sonnenuntergang nur selten.

„Hattet ihr Streit?", frage ich sofort, als Heike endlich zurück kommt.

Sie sieht die beiden Gläser auf dem Tisch und holt aus der Vorratskammer eine Flasche Rotwein. Wortlos. Natürlich. Geschickt öffnet sie die Flasche und gießt uns ein.

„Hattet ihr Streit?", wiederhole ich meine Frage.

Wieder ohne ein Wort geht Heike aus dem Zimmer. Was soll das jetzt? Lässt sie mich einfach hier so sitzen? Ich fasse es nicht.

Sie kommt zurück und hält ein Heft in der Hand, in dem sie blättert. Ich ahne, dass es ihr Tagebuch ist und sie mir lieber ihre Gedanken zu lesen gibt, als dass sie sie laut ausspricht. Mir wäre das viel zu umständlich.

Gespannt nehme ich das Büchlein in die Hand und erkenne ihre gestochen scharfe Schrift, die gleichmäßig fast wie gedruckt auf mich wirkt.

Ich will nicht mit drei kleinen Kindern in die Türkei fliegen! Ihnen reicht ein Bauernhof im Nachbardorf mit einem Planschbecken und Sandkasten für die beiden Kleinen und vielleicht einem Schwimmbad in der Nähe für

Lena. Dennis sieht das anders.
Er hat wohl unseren Urlaub in Kroatien vergessen. Statt der geplanten zehn verbrachten wir vierzehn Stunden auf der Autobahn. Lukas quengelte ständig, Lena ermahnte ihn, er schrie und weckte die Kleine auf, die nicht mehr aufhörte zu weinen. Nie wieder in meinem ganzen Leben werde ich mir und den Kindern derartigen Schwachsinn antun!

Heike nimmt mir das Heft aus der Hand, als ich umblättern will.
Ich habe gewusst, dass Dennis nichts taugt. Ein Spinner, ein arroganter noch dazu. Drei kleine Kinder nach Kroatien zu schleppen! Was haben die davon? Und was bringt es für Heike? Urlaub ist etwas anderes. Auch ein Flug in die Türkei wäre Schwachsinn. Warum wartet er nicht, bis Lilli älter ist und das Reisen in fremde Länder genießen kann?
Mir ist plötzlich klar, was mir Heike damit sagen will. Offensichtlich macht sie doch nicht alles, was Dennis will. Sie wehrt sich. Und das gibt Ärger. Kein Mann mag Widerspruch, von einer Sprachlosen schon gar nicht. Hat er sich deshalb nach einer Jüngeren umgesehen, die er noch formen und leichter führen kann?

Wieder packt mich der Zorn auf diesen Mann. Wie kann es ein Mensch übers Herz bringen, seine eigenen Kinder zu verlassen? Kennt er keine Verantwortung? Empfindet er nicht einmal Liebe? Wenn man sich um ein Kind nicht von Geburt bis zum Erwachsensein kümmern kann oder will, sollte man gar keins bekommen.

Nun kommen mir wieder die Tränen. Ich weiß, dass ich richtig entschieden hatte, mein Kind nicht zu bekommen. Und doch denke ich oft an Felix und überlege, wie er wohl aussehen würde, wenn ich ihn nicht hätte wegmachen lassen. Ich schüttle den Kopf und setze mich gerade hin. Solche Gedanken bringen nichts. Sie machen traurig und das ohne jeden Nutzen. Ich kann es ohnehin nicht mehr ändern.

Mir fällt Vater wieder ein. Weder der eine noch der andere Vater hat sich um mich gekümmert. Der eine nicht lange genug und der andere gar nicht. Bei beiden war ein Unfall schuld daran. Nicht eine Laune wie bei Dennis, eine Unlust, eine Lust auf eine andere Frau.

Unsere Mutter hatte sich ebenfalls nie um uns gekümmert. Heike dagegen sorgt sich um ihre Kinder. Sie ist eine gute Mutter. Ob sie eine gute Ehefrau ist, weiß ich allerdings nicht. Was wird sie jetzt machen, wenn Dennis sie verlässt?

„Bleibst du hier im Haus?", frage ich unvermittelt.

Heike reagiert nicht und ich verliere die Beherrschung.

„Sitz nicht so herum!", schreie ich sie an. „Du musst doch einen Plan haben! Was willst du tun? Du kannst dich doch von ihm nicht über den Tisch ziehen lassen! Nicht von so einem!"

„Hör auf! Hör bitte auf zu schreien!"

Erschrocken schaue ich Heike an, doch ich kann mich nicht beruhigen. Am liebsten wüsste ich jetzt, wo der Saukerl steckt, damit ich ihm meine Meinung entgegen schreien kann und seiner kindlichen Fickmaus gleich mit. Ich merke, dass mir mein Mund weh tut, weil ich meine Zähne viel zu fest aufeinander gepresst halte. Ich merke, dass Heike nicht reden will oder nicht reden kann. Wie soll ich ihr dann helfen?

Dabei hatte ich gehofft, dass sie mir hilft bei der Suche nach meinem Vater. Was hatte ich mir nur dabei gedacht? Wir sind Schwestern, wenn auch nur Halbschwestern, doch wir haben nichts gemeinsam außer der gleichen Mutter. Wir fühlen vollkommen verschieden und verstehen einander nicht.

Ich nehme meine Schachtel vom Tisch und

stopfe sie in meine Tasche.

„Mach´s gut, Heike. Schreib mir! Mein Urlaub ist bald vorbei, ich fahre morgen zurück. Wenn etwas ist ...“

Ich beende den Satz nicht. Was soll sein? Ich kann ihr ebenso wenig helfen wie sie mir. Ich umarme sie, obwohl sie wie immer zurück zuckt, und verlasse das Haus.

Unterwegs

Es regnet, es schüttet wie aus Kannen. Eine blonde Frau sitzt am Straßenrand und badet ein Kleinkind in einer Pfütze. Dann zieht sie ein Mädchen zu sich heran und trocknet mit dessen Kleid das Kind ab. Das Kleid ist klitschnass vom Regen. Ich will zu der Frau gehen und es ihr sagen, doch ich kann mich nicht bewegen. Ich kann auch nicht rufen. Neben mir steht eine Klingel, sie läutet von selbst. Ich schaue zu der Frau und hoffe, dass sie die Klingel hört und zu mir schaut. Doch die Frau ist verschwunden. Nur ein kleiner Junge läuft mitten auf der Straße und schreit „Mama!“

Es klingelt immer noch. Ich öffne die Augen und schaue auf die Uhr: zehn Minuten nach sieben Uhr. Jetzt ist mir klar, was immer noch klingelt:

das Hoteltelefon, ich wollte geweckt werden.

Es regnet tatsächlich. Ich fahre nicht gern bei Regen. Trotzdem will ich heute fahren. Die Reise nach Italien ist für heute geplant und dabei soll es bleiben. Ansonsten müsste ich bis zum nächsten Urlaub im nächsten November warten.

Ich sitze im Auto und fühle mich schrecklich. Doch mein Plan steht fest. Ich suche meine Wurzeln und nehme dazu erst einmal die Autobahn bis Genua. Von dort wird mich mein Navi in das kleine Bergdorf führen. Meinen Vater werde ich nicht treffen, denn er ist tot. Seit dreiunddreißig Jahren schon. Vielleicht habe ich Geschwister oder viele Tanten und Onkel, doch ich weiß nicht, ob ich sie treffe. Ob ich sie treffen will.

Es sind mehr als tausend Kilometer Autobahn. Mein Navi behauptet, dass ich 19 Uhr in Genua ankomme. Vorausgesetzt, es gibt wenig Verkehr und ich mache keine Pausen. Bereits ab 16 Uhr wird es dunkel sein. Nun wird mir doch etwas mulmig zumute. Ich hätte nicht einfach losfahren dürfen. Und schon gar nicht allein. Doch wen hätte ich fragen können? Heike fällt aus. Sie hat drei kleine Kinder, die sie bei niemanden ein paar Tage parken könnte. Außerdem bin ich mir sicher, dass sie keine Ablenkung von ihren Problemen mit Dennis sucht. Ganz im Gegenteil. Ich dagegen brauche Ablenkung, einen Beifahrer, der mich unterhält. Einen Beifahrer wie Heike brauche ich sicher nicht.

Oma hätte wohl Zeit. Doch die wollte mir nie von meinem Vater erzählen. Deshalb möchte ich sie nicht dabei haben.

Meine Freunde aus dem Hotel haben selbst Familie oder sind wie Basti im Urlaub. Soll ich Basti eine SMS schicken? Nein, einen toten Vater erklärt man nicht auf diese Art. Ich könnte ihn anrufen. Nur weiß ich nicht, was ich mehr fürchte: dass er mir die Reise ausredet oder mich in meinem Plan bestärkt.

Florian. Florian wäre mitgefahren. Aber ich will nicht, dass er mitfährt. Ihn frage ich nicht, schon aus Prinzip nicht. Der kann mir gestohlen bleiben mit all seinem Verständnis. Ein verdammter Frauenversteher. Schnell schiebe ich den Gedanken an meinen Freund beiseite. Meinen Ex-Freund. Wir passen sowieso nicht wirklich zusammen. Schon äußerlich sind wir kein schönes Paar – er so blond und ich mit schwarzen Locken. Besonders affig finde ich seinen Pferdeschwanz, den er sich immer im Nacken bindet.

Wir haben vollkommen verschiedene

Vorstellungen von Beziehungen. Doch das ist jetzt Geschichte, ich will nicht an ihn denken.

Mir fällt die Mitfahrzentrale ein. Dazu ist es jetzt zu spät, denn ich bin bereits unterwegs. Trotzdem lenke ich sofort auf den Parkplatz und gebe *Mitfahrzentrale* in mein Handy ein. Dort wähle ich als Startpunkt München, Donnersberger Brücke. Welche Uhrzeit soll ich angeben? Bei etwas Glück könnte ich 14 Uhr am Treffpunkt sein. Dieser Halt mit Fahrt durch die Stadt würde mich allerdings zusätzlich ausbremsen und ich müsste wahrscheinlich in Österreich übernachten, spätestens in der Schweiz. Nehmen die Schweizer Euro? Eher nicht. Eine Kreditkarte besitze ich nicht. Wahrscheinlich will der Mitfahrer gar nicht übernachten, sondern einfach in meinem Auto schlafen. Dreißig Euro pro Mitfahrer, das ist nicht übel. Das gibt bei drei Mitfahrern fast hundert Euro, die ich gut gebrauchen kann. Nur Ladys, werde ich gefragt. Nein, das Geschlecht ist mir gleichgültig. Allerdings wären mir drei Männer doch zu viel. Also wähle ich nur einen Beifahrer und unbedingt eine Frau. Aha – ich werde informiert. Bis jetzt gibt es keinen Interessenten, erst für übermorgen.

So lange warte ich nicht. Ich lösche meine

Anfrage und suche nach der Toilette. Mist! Keine da. Vorhin musste ich noch nicht, jetzt ist es plötzlich dringend. Doch hier sind zu viele Leute, als dass ich mich einfach irgendwo unauffällig verkriechen könnte.

Ich muss weiterfahren. Etwas später fällt mir ein, dass manche Strecken in der Schweiz im Winter gesperrt sind. Vielleicht sogar Autobahnen. Das weiß ich nicht so genau. Besser ist, wenn ich meine Route ändere. Über Innsbruck und Bozen wäre die Strecke nur etwa hundert Kilometer länger. Auf die eine Stunde länger kommt es nicht mehr an. Außerdem kenne ich die Brenner-Autobahn bereits, die Schweizer Strecke jedoch nicht.

Vielleicht könnte ich in Österreich einen Mitfahrer aufnehmen.

Da entdecke ich das Schild für einen Parkplatz mit WC. Endlich!

Die Toilette ist finster und wirkt schmutzig. Wie üblich. Der scharfe Geruch nach Urin und Putzmittel steigt mir in die Nase. Ich beeile mich, um so schnell wie möglich den unschönen Ort wieder zu verlassen.

Sonja

Draußen neben der Tür hockt eine Frau. Sie trägt einen langen Schlabberrock wie ein alter Hippie, Stiefel, einen wattierten Anorak und auf dem Kopf einen dunkelgrünen Hut mit breiter Krempe. So einer, den man in den Alpen bei Regen trägt oder bei starker Sonne. Seltsamer Aufzug. An der Kleidung erkennt man viel – Zugehörigkeit zu einer Gruppe, Protest gegen eine andere, ob der Träger modisch angepasst oder eigenwillig ist. Der Aufzug dieser Frau sagt mir allerdings gar nichts, es ist ein nichtssagendes Durcheinander.

„Fahren Sie in die Schweiz?", spricht sie mich an.

Ich schüttle den Kopf. „Nach Genua über Bozen."

„Umweg."

„Wie bitte?"

„Das ist ein Umweg. Wenn Sie über die Schweiz fahren, ist das kürzer."

„Ich weiß."

„Und warum fahren Sie dann nicht über die Schweiz?"

„Weil ich es nicht will. Alles klar?"

Das Navi hat mir die Strecke über die Schweiz

als die kürzeste Strecke vorgeschlagen. Doch sie führt länger durch die Berge als die über Österreich. Außerdem geht es diese Person nichts an, warum ich wo entlang fahre.

Die Frau nickt. Dann steht sie auf, klopft mit den Händen auf ihren Rock, streckt sich und fragt: „Nehmen Sie mich mit?"

„Ich?"

„Wer sonst?" Jetzt lacht sie.

„Was ist mit Ihrem Auto?", will ich wissen.

„Mein Auto?" Sie lacht wieder. „Ich habe gar kein Auto."

Und wieso sitzt sie dann auf diesem Parkplatz herum? Ein Tramper also. Ich wusste gar nicht, dass es heute noch Leute gibt, die per Anhalter reisen. Mir wäre das zu gefährlich. Auch für den Fahrer eigentlich. Außerdem ist mir diese Frau zu dreist, direkt unverschämt. Andererseits habe ich einen Mitfahrer gesucht. Vielleicht hat mir der Himmel diese Frau geschickt. Dieser Gedanke amüsiert mich.

„Warum nicht?", bringe ich schließlich hervor.

„Wollen Sie denn auch nach Genua?"

„Eigentlich in die Schweiz, nach Zürich, in die Nähe von Zürich."

„Tut mir leid, dort fahre ich nicht entlang."

Kurz überlege ich, wo genau Zürich liegt. Ich habe die Karte nicht im Kopf. So ein Blödsinn, darüber nachzudenken, denn wegen dieser

Trulla fahre ich ganz sicher nicht über Zürich.

„Macht nichts", sagt die Frau freundlich. Sie streckt mir ihre Hand entgegen. „Sonja. Ich bin die Sonja. Und du?"

Aha, wenn wir zusammen im Auto sitzen, duzen wir uns. Doch im Grunde habe ich nichts dagegen und stelle mich vor.

Sonja wirft ihre dicke Jacke auf die Rücksitze und lässt sich auf den Beifahrersitz fallen.

„Haben Sie kein Gepäck?", wundere ich mich.

„Hast du."

„Wie bitte? Was habe ich?"

„Hast du. Wir waren per du. Hast du kein Gepäck?"

Ich verstehe und lächle sie an.

„Ich brauche nicht viel. Das passt alles in meine Tasche", erklärt sie.

Mit der Hand zeigt sie auf einen bunt bestickten Leinenbeutel, dessen Riemen sie um die Schulter geschlungen hat. Wahrscheinlich war er unter dem Anorak versteckt. Wo habe ich solche Beutel schon mal gesehen? Vermutlich auf einem Markt in Spanien. Diese bunten Stickereien gefallen mir. Doch die Beutel sind unpraktisch, man wirft einfach alles hinein, wühlt und sucht in all dem Durcheinander, ohne das Gesuchte zu finden. Ich mag es, wenn meine Tasche viele Fächer hat und ich alles hübsch ordnen kann.

„Hübsch", sage ich. „Das Muster gefällt mir."
Sonja hält den Beutel hoch, so dass ich drei
Schmetterlinge erkenne: im Vordergrund ein
großer blaubunter und im Hintergrund ein
blaugrüner und etwas kleiner ein lilafarbener.
„Schmetterlinge sind schön", sage ich.
„Doch sie leben nicht lange", ergänzt Sonja.
Nun, die drei tätowierten Schmetterlinge auf
ihren linken Oberarm würden sehr wohl lange
halten. Sicher viel länger, als ihr lieb ist. Ich
lächle. Es ist kein freundliches Lächeln, eher
ein herablassendes. Sonja trägt mitten im
November einen ärmellosen Pulli, damit jeder
ihre Tattoos sehen soll. Eine Eule hätte besser
zu ihr gepasst als ausgerechnet Schmetterlinge. Ich mag überhaupt keine Tattoos und
halte die Idee, sich ein Muster in die Haut zu
stechen, für abartig. Früher hatten nur Seeleute
und Verbrecher in Gefängnissen Tattoos, doch
heute rennt nahezu jeder so scheußlich
betackert herum.

Kaum sind wir auf der Autobahn, stockt der
Verkehr. Es geht nicht weiter. Stau. Das hat mir
gerade noch gefehlt.
Ich mustere Sonja. Ihr Alter ist schwer zu
schätzen. Sie könnte Mitte Dreißig sein, doch
ihre Augen und die dunklen Ringe darunter
sagen mir, dass sie vermutlich viel älter ist.

Oder sie nimmt irgend etwas, Drogen vielleicht. Das würde zum weiten Rock, dem fehlenden Gepäck und dem Schlapphut passen. Den Hut hat sie immer noch auf dem Kopf.

Sonja bemerkt meinen Blick, packt mit der linken Hand die Krempe und wirft den Hut mit Schwung nach hinten. Ich starre sie an.

„Du kannst deinen Mund wieder schließen!", blafft sie. „Noch nie ne Frau mit Glatze gesehen?"

Ich schüttle den Kopf. Was sage ich jetzt? Muss man überhaupt etwas sagen in solch einer Situation? Die Glatze wollte sie wohl nicht zeigen, wenn sie sie unter dem Hut versteckt. Oder es war ihr einfach zu kalt auf dem kahlen Kopf.

Endlich geht es weiter. Weiter vorn fädeln sich die Autos in die rechte Spur ein. Ein Unfall auf der Gegenfahrbahn, irgendein Blechteil liegt oben auf der Leitplanke. Ich schaue weg.

„So etwas siehst du wohl nicht gern?"

Ich schüttle den Kopf.

„Man kann nicht vor allem die Augen verschließen", belehrt mich Sonja.

„Ich weiß. Doch man muss auch nicht alles sehen."

Sonja lächelt. Ich merke ihr an, dass sie meine Meinung nicht teilt. Plötzlich wirkt sie alt. So, als wüsste sie schon alles vom Leben.

„Bist du verheiratet?", fragt sie plötzlich.
Ich schüttle den Kopf. „Nein. Und du?"
Eigentlich will ich es gar nicht wissen. Doch wir haben Zeit und über irgend etwas müssen wir schließlich reden. Sonja redet ausgesprochen gern, das habe ich sofort gemerkt. Mir gefällt das, nur ist das ganz ungewohnt für mich.
„Du redest wohl nicht gern?", will sie wissen.
Kann sie Gedanken lesen oder bin ich schweigsamer als andere Leute? Als Kind war ich immer sehr laut. Das musste ich mir bei meiner Arbeit im Hotel abgewöhnen.
Ich zucke mit der Schulter. „Dazu habe ich wenig Gelegenheit", murmle ich.
„Ich würde platzen an all den ungesagten Worten, wenn ich sie nicht rauslassen könnte."
Sonja lacht. „Mein Mann hat mein Geplapper gehasst."
Sicher hat sie trotzdem geredet und ist ihm damit auf die Nerven gegangen.
„Er wollte immer nur seine Ruhe, wenn er von der Arbeit kam, aber ich wollte mit ihm reden. Beziehungsgespräche funktionierten überhaupt nicht. Frage ich: `Wie geht es dir?`, kommt seine Gegenfrage: `Was meinst du damit?` Ich hätte schreien können. Aber ich habe es nicht getan." Sonja wirkt nachdenklich. „Leider. Nun

ist es zu spät."

Erschrocken schaue ich sie an. Ist ihr Mann etwa gestorben? Die Leute sterben so schnell.

„Wir sind nicht mehr zusammen. Er hat eine Andere, eine Jüngere, die nicht so viel redet wie ich."

„Meine Schwester redet gar nicht. Ich meine, sie spricht überhaupt nicht, nur manchmal mit ihren Kindern. Ob sie mit ihrem Mann geredet hat, weiß ich nicht. Jedenfalls hat er jetzt eine Andere, eine Jüngere, die auf jeden Fall mehr redet als meine Schwester."

Sonja kreischt auf. Sie prustet laut und klopft sich vor Vergnügen auf ihre Beine. Glaubt sie, ich mache Witze? Mich macht das wütend. Obwohl ich eigentlich nichts mehr sagen wollte, ergänze ich ärgerlich: „Meine Mutter hat auch nicht geredet. Sie wollte immer für sich sein. Uns Kinder hat sie gar nicht beachtet."

Ich bin ihr keine Erklärung schuldig, aber das musste ich jetzt rauslassen. Was bildet sich diese Person überhaupt ein?

„Entschuldige!", lenkt Sonja ein. „Ich wollte dich nicht kränken. Ich fand es nur so lustig, dass mich mein Mann verlässt, weil ich zu viel rede und der Mann deiner Schwester, weil sie zu wenig redet." Wieder lacht sie los. Kichernd legt sie mir eine Hand auf meinen rechten Unterarm. „Bist du jetzt böse?"

Ich zucke mit der Schulter. „Böse nicht, aber mich hat dieses Schweigen mein ganzes Leben lang gequält."

Vielleicht ist es so, dass man das Reden verlernt, wenn man nie eine Antwort bekommt. Meine Schwester fällt mir ein. Ich sehe sie so verloren am Küchentisch sitzen und mit dem Finger in einer Saftpfütze rühren. Was wird sie jetzt machen, wenn Dennis sie wirklich verlassen hat? Meiner Meinung nach ist sie ohne ihn besser dran, doch drei so kleine Kinder allein großzuziehen funktioniert vermutlich nicht. Diese Verletzung, dass er sie so brutal sitzen lässt, wird nicht heilen.

„Erzähle mir von deinem Mann", bitte ich Sonja. „Oder magst du nicht darüber sprechen?"

„Ach, ich kann über alles reden. Mir macht das nichts aus."

Sie rückt sich zurecht. Das wird eine lange Geschichte. Nun, ich bin eine gute Zuhörerin.

„Mein Ex heißt Detlef. Detlef – damit habe ich ihn oft geärgert." Sie kichert.

Verwundert schaue ich sie an.

„Ich weiß, er kann ja nichts für seinen blöden Namen." Sie zuckt mit der Schulter. „Aber der blöde Name hat zu ihm gepasst." Sie lacht, doch dieses Mal wirkt das Lachen eher gequält.

„Detlef ist unerträglich pingelig. Ich erkläre dir

das am besten an einem Beispiel. Er wollte mal eine Kaffeemaschine kaufen. Weißt du, so einen modernen Automaten." Sonja schaut mich an und wartet, bis ich verstehend nicke. „Er holte sich also so einen Automaten, ein richtiges Monster, das nirgendwohin in unsere kleine Küche passte, und probierte ihn eine Woche lang aus. Dann trug er ihn zurück ins Geschäft und testete den nächsten. Nach der fünften Maschine entschied er sich für die zweite, die gefiel ihm am besten."

Ich schüttle halb amüsiert, halb fassungslos den Kopf.

„Warte! Die Geschichte geht noch weiter. Kurz vor dem Ende der Garantiezeit brachte er den Automat zurück, weil er angeblich nichts taugte. Dieses Mal wollte er keinen Ersatz, sondern sein Geld zurück."

Ich schüttle wieder meinen Kopf. So einen Kunden braucht kein Laden. Doch mein Kopfschütteln scheint Sonja nicht zu reichen. Sie schreit: „Verstehst du nicht? Er hat sie die ganze Zeit über benutzt, jeden Tag!"

Dieses Mal nicke ich. Was soll ich dazu sagen?

„Ich bin nie mit ihm einkaufen gegangen, mir war das einfach zu peinlich. Ständig suchte er nach Fehlern, die den Preis mindern könnten, statt sich gleich etwas zu kaufen, das keine Fehler hat. Und er diskutierte ewig mit den

Verkäufern."

„Ich kann dich verstehen", gebe ich zu, als Sonja nicht weiterspricht. „Das hätte mich ebenfalls verrückt gemacht."

„Er war nie garstig zu mir, er hat sich nur nicht für mich interessiert. Verstehst du?"

Ich nicke. Oder hätte ich jetzt den Kopf schütteln müssen?

„Er las daheim die Zeitung oder glotzte in die Glotze. Der Hauskram ging ihn einfach nichts an. Das war allein meine Sache, das Einkaufen, Essen kochen, Putzen, Wäsche waschen und so weiter. Dabei ging ich genauso arbeiten wie er."

Ich überlege, ob alle Männer so sind und denke an Florian, meinen Freund. Meinen Ex-Freund. Doch so wie dieser Detlef ist Florian ganz sicher nicht.

„Da hattest du den falschen Typ erwischt, oder?"

„Männer sind so", erklärt Sonja. „Sie sind passiv. Schauen nicht auf von ihrer Zeitung oder ihrer Arbeit, wenn es klingelt. Sie bleiben sitzen und wissen, dass ihre Frau zur Tür geht."

Fassungslos schaue ich sie an.

„Immer!", bekräftigt sie und stößt ihren Zeigefinger in die Luft. Dann strafft sie ihre Schultern und beendet damit das Thema.

Schließlich fragt sie: „Warum bist du eigentlich nicht verheiratet? Hast du wenigstens einen Freund?"

Ich schüttle den Kopf. Das ist nicht gelogen, denn zwischen Florian und mir ist es aus. „Ich mag keine Männer."

„Ach, du stehst auf Frauen?"

„Nein, nein", sage ich erschrocken.

Sonja schaut mich erstaunt an, sagt aber nichts.

„Dann hast du auch keine Kinder", stellt sie fest.

Ich wusste, dass dieses Thema kommt. Es kommt immer. Am liebsten hätte ich jetzt etwas ganz gemeines gesagt. Doch mir fällt rechtzeitig ein, dass Sonja nichts dafür kann, dass es wahrscheinlich eine ganz normale, alltägliche Frage ist, auch wenn sie für mich keinesfalls alltäglich und normal ist. Ich stelle sie jedenfalls niemandem, auch Sonja nicht. Sicherheitshalber presse ich die Lippen fest aufeinander, damit ich nicht doch noch irgend etwas dummes sage.

„Nun rede schon!", drängt Sonja. „Lass es raus! Mich siehst du nie wieder und dich drückt es nicht mehr."

„Gar nichts drückt mich", fauche ich.

Sonja sagt nichts mehr. Sie wühlt in ihrem Beutel und holt eine bunte Kosmetiktasche hervor und daraus eine Dose, auf der ein Schmetterling eingraviert ist. Sie nimmt zwei kleine blaue Pillen heraus und steckt sie sich in den Mund.

„Hast du Kopfweh?"

Sonja schüttelt den Kopf, schließt die Augen und stöhnt. Dieses Stöhnen klingt nicht gequält, eher genussvoll. Am Ende sind es doch Drogen. Dann schmeiße ich sie raus. Ich merke, wie schon wieder Wut in mir hochsteigt.

„Ich war schon mal schwanger. Ich habe das Kind wegmachen lassen, weil ich noch zur Schule ging."

„Das tut mir leid." Sonja sieht ehrlich bestürzt aus.

„Ich vermisse mein Kind, obwohl es nie eines gegeben hat." Was rede ich da? Verstohlen schiele ich rüber zu Sonja. Hoffentlich sagt sie jetzt nichts. Ich weiß selbst, dass das blöd klingt, wenn man jemanden vermisst, den es nie gab.

„Ich will nicht aus Versehen Mutter werden. Ich will bewusst ein Kind haben. Und zwar dann, wenn der richtige Zeitpunkt da ist", erkläre ich.

„Und der richtige Vater", ergänzt Sonja.

„Genau."

Bis jetzt hat es eben noch nicht den richtigen gegeben, denke ich wütend. Warum steckt sich diese seltsame Frau nicht wie jeder normale

Mensch Stöpsel in die Ohren und hört Musik oder daddelt auf Instagram? Warum habe ich sie überhaupt mitgenommen?

„Wie weit willst du eigentlich mitfahren?", frage ich etwas ungehalten. „Wolltest du nicht in die Schweiz?"

„Du kannst mich auch da vorn an der Raststätte rauslassen, wenn ich dir auf die Nerven gehe."

Sonja weist mit dem Arm auf ein großes Schild, das eine Raststätte ankündigt.

Ich blinke sofort und ärgere mich, dass ich so leicht zu durchschauen bin.

„Ich muss tanken", erkläre ich.

„Lass mich das zahlen!", bittet Sonja. „So kann ich mich wenigstens revanchieren."

Wieder ist es mir peinlich und kommt mir gleichzeitig äußerst seltsam vor. Ein Anhalter zahlt niemals die Tankfüllung. Doch ich sage nichts. Immerhin kann ich das Geld gut gebrauchen, denn ich weiß nicht, was mich in Italien erwartet. Mein Konto ist nicht gerade üppig gefüllt.

Sonja steigt sofort aus, greift nach ihrem Anorak und setzt ihren Hut auf den Kopf. Sie ruft mir zu: „Ich geh schon mal rein, bestelle uns einen Espresso und bezahle gleich die Tankfüllung."

Schon ist sie hinter der Tür verschwunden, ohne sich noch einmal umzudrehen.

Im Lokal sitzen nur wenige Leute. Sonja winkt mir zu. Sie hat einen Platz am Fenster gewählt, von dem man die Autobahn gut sehen kann. Das gleichmäßige Rauschen der vorbeifahrenden Autos wirkt irgendwie beruhigend auf mich.

„Ich habe Hunger. Du auch?"

Ich nicke. „Doch dieses Mal zahle ich mein Essen selbst", bestimme ich.

Wir bestellen beide Nudeln mit Lachs und Spinat und amüsieren uns darüber, dass wir das gleiche Gericht wählen.

„Ich habe genug Geld, kann es aber nicht mehr brauchen", murmelt Sonja.

„Wieso? Geld hat man nie genug, man kann es immer brauchen."

„Was willst du eigentlich in Genua?", lenkt sie ab.

„Ich besuche meinen Vater."

„Ist er Italiener?"

„Ja", antworte ich knapp. Ich habe keine Lust auf nähere Erklärungen.

„Ah, deshalb die Nudeln!" Sonja lacht. „Dann sprichst du sicher gut seine Sprache."

Ich schüttle den Kopf. „Nur wenig, das Nötigste eben."

„Naja", lenkt sie ein. „Es heißt ja auch Muttersprache und Vaterland." Sie lacht über ihren Gedanken. „Du sprichst nicht seine

Sprache, aber fährst in sein Land." Wieder lacht sie.

Ich lache nicht und erzähle ihr plötzlich von der Schachtel, die mir meine Oma vorgestern gegeben hat. Sonja hört konzentriert zu, ohne mich ein einziges Mal zu unterbrechen.

„Mir hat immer etwas gefehlt. Ich wusste nur nicht, was es ist. Heute weiß ich, dass es mein Vater ist, den ich immer vermisst habe."

„Ich würde dich gern begleiten bei deiner Reise zu deinem Vater. Doch ich habe einen Termin in Zürich, den ich nicht verschieben will."

Ich nicke und bin Sonja sehr dankbar für ihre Idee, mich begleiten zu wollen. Außer Basti hat mich noch nie jemand irgendwohin begleiten wollen.

„Wann fährst du zurück?", will sie wissen.

Fragt sie, weil sie mit zurückfahren will?

„Das weiß ich nicht", gebe ich ehrlich zu und hoffe, dass sie mir glaubt. „Es kann sein, ich finde das Grab schnell und will danach sofort zurück."

„Willst du nicht wissen, ob es noch eine Familie gibt?"

„Ich weiß nicht. Manchmal ja, manchmal lieber nicht."

Ich stelle mir vor, wie ich durch den Ort laufe und die Gesichter der Menschen mustere und nach Ähnlichkeiten suche.

„Wenn der Himmel will, dass ich auf die Familie meines Vaters treffe, dann wird er mir eine Begegnung schicken."

Sonja verdreht die Augen. „Der Himmel", wiederholt sie. „Bist du gläubig?"

„An das Universum glaube ich, vielleicht an so etwas ähnliches wie einen Gott. Doch ich mag die Kirche nicht."

Sonja nickt. „Immer Ärger mit dem Bodenpersonal, was?"

Ich brauche eine Weile, um diesen Scherz zu verstehen. Im Grunde hat sie Recht. Meine Abneigung gegen die Kirche liegt an den Priestern, den Pastoren in ihren Kleidchen und ihrem Getue. Gott braucht dieses Gedöns nicht, dieses Niederknien und Anbeten. Er braucht auch keine Drohungen, die diese Geistlichen von der Kanzel herunter donnern.

„Gott straft nicht. Das machen nur die Menschen. Allerdings glaube ich, dass jeder für seine Verfehlungen büßen muss." Da bin ich mir ganz sicher.

„Und wie ist das mit Krankheiten? Hat sich jeder, der eine schlimme Krankheit hat, etwas zuschulden kommen lassen?"

„Sicher. Vielleicht war er unachtsam mit sich selbst."

„Und wenn nicht?" Sonja schaut mich ernst an.

Ich zucke mit der Schulter. „Was weiß denn

ich? Alles hat seinen Grund. Nichts geschieht ohne Grund."

Sonja antwortet nicht. Ich merke, dass sie verstimmt ist. Fast glaube ich, dass sie mich plötzlich hasst. Dabei habe ich nichts schlimmes gesagt.

„Du willst wohl wieder mit mir zurückfahren?", lenke ich ein.

Sonja schüttelt den Kopf. „Nein, ich komme nicht zurück. Es ist meine letzte Reise, meine allerletzte."

Ich nicke. Eigentlich ist es mir gleichgültig, doch um irgend etwas zu sagen, frage ich: „Hast du einen Schweizer Freund?"

Sie schüttelt wieder den Kopf.

„Eine neue Arbeit?"

„Ich arbeite nicht."

So eine reiche Tussi also. Sie sagte doch, sie habe mehr Geld als sie brauchen kann. Oder sagte sie, sie habe genug Geld, könne es aber nicht mehr brauchen? So genau will ich es gar nicht wissen und geht mich auch nichts an.

Trotzdem will ich irgend etwas nettes sagen und frage: „Warum willst du dann nach Zürich? Du hast von einem Termin gesprochen."

„Mein letzter Termin, der allerletzte."

Ich zucke mit der Schulter. Was will sie damit sagen? Ich mag es nicht, wenn die Leute in Rätseln sprechen. Sie sollen es sagen oder bleiben lassen und sich nicht in Andeutungen und Halbheiten verlieren. Dann verliere ich sofort das Interesse.

Schnell stopfe ich mir den Rest Nudeln in den Mund und spüle mit Wasser nach. Wasser. Viel lieber hätte ich Wein dazu getrunken. Doch das wage ich nicht mit einem Beifahrer im Auto. Sie könnte mich für einen Trinker halten. Dabei ist es gleichgültig, denn ich habe sie nicht gebeten, zu mir ins Auto zu steigen. Am liebsten würde ich mir jetzt sofort einen Wein bestellen. Soll sie doch denken, was sie will. Aber ich mache es nicht.

„Ich fahre zum Sterben in die Schweiz."

„Aber warum?", rufe ich entsetzt aus. Irgendwie klingt es für mich so, als wolle sie heute in der Schweiz sterben und nicht in zwanzig oder dreißig Jahren.

„Weil es in Deutschland nach wie vor nicht möglich ist. Darum!"

„Was ist in Deutschland nicht möglich?" Ich verstehe immer noch nicht ganz.

„Sterbehilfe. Der Arzt darf dir sagen, dass du sterben wirst, aber er hilft dir nicht. Er gibt dir ein paar Tabletten zur Beruhigung, aber er hilft dir nicht beim Sterben." Sonjas Stimme klingt nicht traurig, eher wütend.

„Aber weshalb willst du sterben?", flüstere ich.

„Weil ich vermutlich nicht achtsam mit mir war oder mir sonstwie etwas zuschulden kommen ließ und deshalb krank geworden bin."

Ich beiße mir auf die Lippe. Wieder habe ich etwas gesagt, was jemanden verletzt hat. Und dieses Mal war es etwas ganz besonders dummes.

„Es tut mir leid", stammle ich. „Wirklich. Ich konnte doch nicht ahnen …"

„Nein, das konntest du nicht. Kombinieren kannst du wohl auch nicht." Sonja tippt sich mit dem Finger an den Hut und mir fällt ihre Glatze wieder ein. Und ich dachte, es wäre irgendein dummer Modegag, eine Spinnerei wie die Tattoos oder der alberne Schlabberrock.

„Erzähle!", bitte ich sie.

Mehr bringe ich nicht heraus. Ich werde zuhören und überhaupt nichts dazu sagen. Es ist allein ihre Sache. Endlich schaffe ich´s, sie anzusehen und ihr zuzunicken.

„Vor knapp drei Jahren bekam ich Husten. Nicht schlimm. Er ging nur nicht wieder weg. Dabei denkt man sich nichts."

Ich nicke.

„Jedenfalls war schnell klar, dass ich Lungenkrebs habe, kleinzelligen."

Ich habe keine Ahnung, was das bedeutet und schaue Sonja wohl ziemlich ratlos an.

„Diese Art wächst schneller und bildet schneller Metastasen."

„Kann man da nichts machen? Ich meine, heutzutage ist die Medizin weit entwickelt. Es gibt erstaunlich viele Möglichkeiten, den Krebs abzutöten oder wenigstens zu verlangsamen."

Sonja schüttelte den Kopf. „Klar. Man kann sich eine Chemo antun und sich Zellgifte einspritzen lassen. Vielleicht verlangsamt es das Krebswachstum, vielleicht auch nicht. Doch um welchen Preis? Dass es mir noch schlechter geht? Ich habe keine Lust, mein Leiden zu verlängern, ich will es beenden. Ich sterbe so und so."

„Bist du verrückt?", schreie ich sie an.

Sonja hebt abwehrend ihre Hand. Die Leute von den Nachbartischen schauen zu uns herüber.

„Du kannst dich doch nicht einfach so umbringen!", sage ich etwas leiser.

„So? Kann ich nicht? Wer will mir das verbieten? Du?"

Wer bin ich, der ihr verbieten darf, ihr eigenes Leben zu beenden? Ausgerechnet ich, die ihren eigenen Sohn getötet hat, bevor er überhaupt leben durfte. Ich habe kein Recht, ihr irgendwelche Vorwürfe oder gar Vorschriften zu machen. Ich am allerwenigsten.

„Und dein Mann?", presse ich hervor?

„Mein Ex!"

„Weiß er, was du vorhast? Weiß der überhaupt, wie krank du bist?"

„Dem habe ich dumme Nuss von der Krankheit erzählt. Er hat mich nur gefragt, ob ich überhaupt weiß, wovon ich rede. So, als wäre ich ein bisschen doof und hätte keine Ahnung." Sonja schnauft verächtlich. „Männer halten nicht viel aus, er hat mich trotzdem oder gerade deswegen verlassen." Sonja schließt die Augen.

Ich kann mir das nicht vorstellen. Zwar weiß ich nicht, wie lange die Beiden verheiratet waren. Doch sie müssen sich doch mal geliebt haben.

Sie holt wieder ihre Dose hervor und schluckt zwei blaue Pillen.

„Wogegen sind die?"

„Ach, die beruhigen nur. Ich habe Metastasen im Hirn. Deshalb ist mir dauernd übel. Die Kopfschmerzen sind nicht so schlimm, aber die Sehstörungen und Lähmungen machen mir große Angst."

Ich versuche, mich in Sonjas Lage zu versetzen. Wäre ich wirklich so feige, meinem Leben ein Ende zu setzen? Oder ist es besonders mutig, selbstbestimmt den Schlussstrich zu ziehen? Gelähmt und blind zu sein wäre auch für mich keine Option, dazu vielleicht noch Angst zu ersticken.

Kann ich Sonja jetzt überhaupt noch allein weiterreisen lassen? Jetzt, da ich ihre Situation kenne? Bin ich nicht verpflichtet, sie nach Zürich zu bringen und ihr beizustehen?

„Du musst kein schlechtes Gewissen haben." Sonja greift über den Tisch und legt ihre Hand auf meine. Ich glaube, sie kann wirklich Gedanken lesen.

„Ich beende mein Leiden, bevor es noch schlimmer wird und ich es nicht mehr selbst beenden kann."

Ich nicke und frage mich, warum sie keiner bei diesem schweren Schritt begleitet. Hat sie keine Familie? Eltern. Geschwister. Doch ich frage nicht.

„Willst du jetzt weiter?", fragt sie.

„Unbedingt. Es wird früh dunkel. Da möchte ich in Österreich sein."

„Nimmst du mich bis München mit? Von dort kann ich den Zug nach Zürich nehmen. Ist mir sowieso lieber."

Mir auch. Ich mag Sonja. Doch ich mag solche Gespräche nicht. Ich halte sie einfach nicht aus. Vermutlich würde ich es ebenso machen, wenn ich so schlimm krank wäre wie Sonja. Doch irgendwie fühle ich mich mitschuldig an ihrem Tod, wenn ich sie noch weiter mitfahren lasse.

Sie muss noch einmal auf die Toilette. Ich nicht. Ich winke der Bedienung. Sie räumt die Teller zusammen und ich frage nach der Rechnung.

„Ist erledigt. Ihre Begleiterin hat das übernommen."

Ich ahne, dass das nicht alles ist und laufe eilig zur Toilette. Hier finde ich Sonja nicht. Auch draußen ist sie nirgendwo zu sehen. Ich setze mich ins Auto und warte. Sie wollte bis München mitfahren, also wird sie gleich kommen. Mir steigen die Tränen hoch und ich kann sie nicht mehr zurückhalten.

Rast in Kufstein

An München fahre ich vorbei, obwohl es schon langsam dunkel wird. November. Ich hasse den November. Dass ich diesen ganzen Monat frei habe, macht ihn auch nicht besser. Es ist dunkel, meist stürmt und regnet es. Im November fahre ich gern weit weg, dorthin, wo es warm ist, wo noch Blumen blühen. Allerdings fällt es mir nach dem Urlaub immer sehr schwer, mich an die kurzen, nasskalten Tage daheim zu gewöhnen.

Im Dezember ist es ähnlich. Meist gibt es noch keinen Schnee, nur von meinem Fenster aus kann ich ihn auf den Berggipfeln sehen.

Daheim im Erzgebirge feierten wir um diese Zeit den Advent mit all seinen Kerzen und Räuchermännchen, den Pyramiden und wunderbar gemütlichen Heimatliedern. Ich vermisse das sehr und zwar in jedem Jahr aufs Neue.

Ich mag nicht mehr weiterfahren. Doch jetzt im Dunkeln auf einem Parkplatz halten mag ich auch nicht. Gleich in Österreich werde ich mir ein Hotel suchen, wo ich zu Abend essen und übernachten kann.

In Kufstein-Nord verlasse ich die Autobahn und folge den Schildern ins Zentrum. Direkt am Stadtplatz finde ich ein großes Hotel. Die Einrichtung ist recht altmodisch, doch sauber. Es gibt sogar Einzelzimmer. Ich stelle nur kurz meine Tasche ab, wasche mich, ziehe einen frischen Pullover an und gehe ins Restaurant. Auch hier ist es altmodisch eingerichtet, die umlaufenden Holzbänke sind mit dunkelbraun gemusterten Stoffen bezogen.

Immerhin verspricht die Speisekarte Tiroler Schmankerl. Ich bestelle Käsespätzle mit ausgewählten Käsesorten und ein Glas Rotwein dazu. Vernatsch.

Das Essen schmeckt hervorragend, die Bedienung ist zudem sehr aufmerksam. Auf so etwas achte ich immer zuerst. Ich ertrage es nicht, wenn der Kellner mit einem Teller in der Hand in die Küche läuft und auf seinem Weg nichts wahrnimmt. Gar nichts. Ob ein Gast nach ihm winkt, ein Glas verschüttet hat oder unzufrieden auf seinem Teller stochert – er sieht es nicht. Es kümmert ihn nicht. Solche Leute würde die Chefin keinen einzigen Tag beschäftigen. Lieber bedient sie selbst, als sich von einem unaufmerksamen Kellner die Gäste vertreiben zu lassen.

„Noch ein Glasl Wein?"
Vor mir steht ein Mann, ein Schrank von einem Mann, der von der Körpergröße und auch vom Alter her gut zu meiner Mutter gepasst hätte. Ohne eine Antwort abzuwarten, zieht er einen Stuhl hervor und setzt sich mir genau gegenüber.
„Muss mich zu Ihnen setzen, gibt im Haus keine Bar."
Was soll das jetzt werden? Ich runzle die Stirn und versuche, ihn mit meinem Blick zu töten oder doch wenigstens zu irritieren.
„Keine Angst, schöne Frau! Will nichts von Ihnen, nur Unterhaltung."
Er schnippt mit den Fingern und zeigt auf mein Glas, das noch halbvoll Wein ist. Die Bedienung stellt einen kleinen Krug neben mein Glas. Soll ich mich etwa jetzt bedanken? Ich

hatte nicht um ein Getränk gebeten. Noch ein ganzes Viertel trinke ich auf keinen Fall.

Normalerweise bin ich nicht auf den Mund gefallen, doch ich war so in Gedanken, dass ich den Moment verpasste, mir den Mann vom Hals zu halten. Also schaue ich ihm nur fragend ins Gesicht. Er hat ein sehr breites Gesicht mit einer flachen fleischigen Nase, wulstige Lippen und kaum Haare auf dem Kopf. Seine Augen sind nicht zu erkennen, weil sie in schmalen Schlitzen verschwinden.

„Jens. Und Sie?"

„Mein Name ist Marion."

„Wollte weiter bis Augschburg. Bin hängen geblieben. Scheibenwischer im Eimer."

Der Mann liebt kurze Sätze. Jedenfalls bin ich froh, dass er nach Augsburg, also Richtung Norden reisen wird. So bin ich vor seiner Begleitung sicher.

Jens ist Metzger. Die Vorstellung, dass er imstande ist, Tiere zu töten, um daraus Schnitzel und Wurst zu machen, ekelt mich. Zum Glück habe ich heute kein Fleisch gegessen, ich hätte mich jetzt übergeben müssen. Ich bin nicht pingelig und helfe oft in der Küche, doch lebende Tiere töten könnte ich nicht. Auch die nicht, die extra dafür gezüchtet werden. Ich esse sehr gern Fleisch, am liebsten

Gulasch vom Schwein. Ich liebe meinen Körper und gebe ihm deshalb alles, was er braucht. Er bekommt auch Dinge, die er nicht unbedingt braucht wie Kuchen, Eis, Schokolade, Kaffee und Alkohol. Doch diese Dinge schaden ihm nicht, zumindest nicht in den geringen Mengen, die ich als gut empfinde. Deshalb habe ich nie ein schlechtes Gewissen beim Genuss von Süßigkeiten. Auch meinen Kaffee mag ich gern sehr süß mit zwei oder besser drei Stück Zucker. Meine Tante Amelie fand das ungesund. Doch ich hatte mal gelesen, dass Leute, die ungesüßten Kaffee trinken, gefühlskalt sind. Auf Tante Amelie trifft das ganz sicher zu.

Jens schenkt mir Wein nach und prostet mir mit seinem Bier zu. Es ist sicher sein drittes oder gar viertes Bier, das er irgendwie eilig in sich hineinschüttet. Das gefällt mir nicht. Ich mag es nicht, wenn sich die Leute so gehenlassen. Mir passiert das nicht, denn ich achte immer auf das Maß. Darin bin ich sehr diszipliniert, was bei meiner Arbeit im Gastgewerbe zwingend nötig ist. Ich trinke niemals mehr als zwei Glas Wein und niemals einen zweiten Schnaps. Ich mag Schnaps, am liebsten Klaren. Wodka, Obstler, Korn oder Grappa. In meiner Wahlheimat am Ammersee wird viel Obstler gebrannt. Doch heute lehne ich das Angebot nach einem Absacker ab, weil ich an die lange Fahrt morgen denke. Die Hälfte der Strecke habe ich immerhin bereits hinter mir.

„Wo geht´s hin?", will Jens wissen.

„Ich fahre nach Genua", antworte ich und ärgere mich, mein wahres Ziel genannt zu haben. Ich antworte zu schnell, ohne nachzudenken. Das Denken ist nicht so meine Sache. Ich weiß etwas oder ich weiß es eben nicht. Wenn mir etwas wichtig ist, kann ich danach googeln. Man muss nicht alles wissen – ich schon gar nicht.

„Hab nen Kolbenwurstfüller gekauft. Unter fünf Tausender. Gebraucht. Top in Ordnung."

„Aha." Hoffentlich erzählt er jetzt keine Details.

„Mein Gerti ..."

„Wie bitte?"

„Gertrud. Mein Weib. Gerti halt."

„Ach so, ich verstehe."

„Also mein Gerti ..."

Ich höre nicht mehr hin, sondern überlege, weshalb Jens nicht meine Gerti sagt. Gerti ist weiblich. Weib auch, doch da heißt es tatsächlich mein Weib und nicht meine Weib. Das finde ich jetzt seltsam.

„Drei Buben, ein Mäderl", berichtet Jens.

Er sieht stolz aus und schaut mich zufrieden an. Dann zeigt er mit der Hand auf mich.

„Kinder?"

Da ist es wieder, dieses Kinderthema. Wie ich das hasse! Ich habe keine Probleme, mir Geschichten über fremde Kinder anzuhören und mag es auch, wenn sie fröhlich herumrennen. Nicht in der Gaststube natürlich. Doch ich ertrage es nicht, wenn ich nach meinem Kind gefragt werde. Sage ich *nein*, habe ich das Gefühl, Felix zu verraten. Und *ja* stimmt immerhin auch nicht. Also schüttle ich nur mit dem Kopf und nippe schnell an meinem Wein. Ich will nicht, dass dieser Mann meine Augen sieht und ihm Fragen einfallen.

„Nun, nicht zu lange warten!", meint er, mir raten zu müssen.

Ich schüttle wieder den Kopf und versuche, ihn so freundlich wie möglich anzulächeln.

Das wirkt auf ihn offensichtlich wie eine Aufforderung, denn er holt sofort sein Handy aus der Hosentasche und wischt darauf herum. Dabei lacht er immer wieder laut auf. Endlich zeigt er mir Fotos von Klein-Emmi und den Buben. Einen Hund gibt es auch, einen großen zotteligen Leonberger. Natürlich braucht ein Metzger einen Hund. Die Fotos nehmen kein Ende und mir wird langweilig, obwohl es wirklich hübsche Kinder sind. Kinder, die man sich eigentlich gern anschaut.

Das ist schließlich nicht immer der Fall.

Manchen Kindern sieht man an, wie garstig sie sind. Solche Zwicker, heimliche Kneifer wie Martin, Omas Jüngster.

Jens erzählt pausenlos von seinen Kindern und seinem Bruder, der in der gleichen Metzgerei arbeitet. Auch von dessen Familie.

Ich höre zu und mir wird plötzlich bewusst, dass ich niemals so viel über meine eigene Familie erzählen könnte. Eigentlich kenne ich sie gar nicht. Im Grunde weiß ich nur, dass Oma drei Kinder hat: meine Mutter, Tante Amelie und Martin. Doch ich habe keine Ahnung, wo ihr Mann noch wo Martin geblieben sind. Darüber spricht Oma nie. Von Mutter erfuhr ich noch weniger und jetzt geht es sowieso nicht mehr. Das stimmt mich traurig.

„Ich bin müde", sage ich unvermittelt und stehe gleichzeitig auf.

„Geht auf meine Rechnung." Jens zeigt auf mein leeres Weinglas.

Ich nicke, sage „Danke" und verlasse schnell das Lokal.

In meinem Zimmer dusche ich lange, wasche meine Haare und schalte den Fernseher an. Es läuft eine Reportage über Kenia. Darin geht es um Löwen und Giraffen. Das interessiert mich nicht, mich interessieren nur Menschen. Ich will wissen, wie sie leben, was sie genauso machen wie wir und was ganz anders. Ich schalte weiter und sehe, wie jemand mit verzerrtem Gesicht einem anderen eine Waffe an den Kopf hält. Widerlich. So etwas muss ich mir nicht anschauen.

Mein Handy klingelt. Ich erkenne schon an der besonderen Melodie, dass es Basti ist.

„Ist was passiert?"

„Hallo, mein Engel!", begrüßt er mich wie immer. Dabei weiß er, dass ich es nicht leiden kann, wenn er mich Engel nennt. Engel sind blond und niedlich. Ich bin beides nicht. „Ich wollte nur deine zarte Stimme hören."

„Es ist fast ein Uhr in der Nacht!"

„Schitt! Hier ist es Nachmittag, die Sonne scheint bei fast achtzehn Grad. Einfach herrlich."

Ich höre an seiner Stimme, wie glücklich er ist und freue mich.

„Warst du heute bei deiner Schwester?"

„Gestern. Doch jetzt erzähle du!"

„Erst du, bei mir dauert es länger."

Bei mir eigentlich auch, wenn ich ihm sage, dass ich unterwegs zu meinem Vater bin. Ich habe Basti immer alles erzählt. Er weiß eigentlich alles über mich. Manchmal glaube ich sogar, dass er mehr über mich weiß als ich selbst.

„Ich will nun doch meinen Vater suchen. Die

Details kann ich dir nicht alle am Telefon aufzählen", sage ich wahrheitsgemäß. Doch ich erwähne nicht, dass ich bereits unterwegs nach Italien bin.

„Ich habe mich verliebt", platzt Basti heraus und gluckst dabei. „Unsterblich, mein Engel. Dieses Mal ist es der Richtige."

Ich seufze. Basti verliebt sich in jedem Urlaub. Und danach ist er immer kreuzunglücklich und behauptet, sich niemals wieder zu verlieben.

„Er bedient in einer Szene-Kneipe und könnte gut bei uns im Hotel arbeiten."

Du lieber Himmel! Der Typ würde sich entsetzlich langweilen, wenn er aus San Francisco an den Ammersee käme.

„Wenn es ein schräger Vogel ist, stellt ihn die Chefin nie im Leben ein."

Basti sagt nichts. Sicher hätte ich mich nicht ganz so deutlich ausdrücken dürfen. Was soll ich denn jetzt sagen? Dass er seinen Urlaub genießen und den Typ vergessen soll? Ich sage erst einmal gar nichts. Auch Basti schweigt.

„Basti? Bist du noch dran?"

Es kommt nur ein Brummen zurück.

„Von mir gibt es nichts zu erzählen."

Es quält mich, dass ich ihn so belüge. Doch wenn ich ihm sage, dass ich unterwegs nach Genua bin, weil dort in der Nähe mein Vater begraben ist, stellt er mir Fragen. Fragen, die ich mir selbst stelle und auf die ich keine Antwort weiß.

„Hast du Flo angerufen?", fragt er jetzt.

Flo – wenn ich das schon höre. Das klingt nach Floh. Floh wie ein lästiger Parasit, der zwickt und den man nicht mehr los wird. Florian ist ein netter Typ, nur eben nicht mein Typ.

„Wozu? Wir sind nicht mehr zusammen. Das weißt du."

„Aber ich weiß nicht, warum. Warum seid ihr nicht mehr zusammen?"

„Basti, das haben wir längst geklärt. Ich bin hundemüde und will jetzt schlafen. Servus."

Schnell lege ich auf und decke mich zu. Mir ist kalt. Sicher drehen sie über Nacht die Heizung ab. Hoffentlich kann ich gleich einschlafen.

Florian

Florian geht mir nicht aus dem Kopf. Ich sehe seine blassblauen Augen vor mir, die mich so fürsorglich anschauen. Ich weiß, dass er mich liebt. Doch mit uns funktioniert es nicht. Wir sind zu verschieden.

Schon äußerlich. Florian ist blond. Er hat mir mal erzählt, dass sein Name gelb oder blond bedeutet. Das passt. Doch es passt nicht zu mir. Mir ist das zu gegensätzlich. Ich liebe Harmonie. Ich weiß, dass sich Gegensätze anziehen. Doch ich glaube nicht, dass dies lange hält. *Gleich und gleich gesellt sich gern* scheint mir viel logischer. Es gibt mehr Gemeinsamkeiten und somit auch mehr gemeinsame Freude.

Florian schwört auf das Gegensätzliche, was seiner physikalischen Logik nach ein Gleichgewicht ergibt. Licht und Schatten. Leid und Freude. Anziehen und Abstoßen. Eines bedarf des anderen. Bin ich anziehend und er abstoßend? Oder umgekehrt? So möchte ich eine Beziehung nicht sehen. Ich bin eher für das Mittelmaß. Zwischen Geiz und Verschwendung liegt die Freigiebigkeit, die Tapferkeit zwischen Feigheit und Tollkühnheit.

Florian ist tollkühn. An jedem freien Tag klettert er die höchsten Berggipfel hinauf. Ich will keinen Freund, um den ich ständig Angst haben muss. Ich wandere lieber und zwar niemals oberhalb der Baumgrenze. Weiter oben wäre der Ausblick ins Tal und auf die umliegenden Gipfel wahrscheinlich gewaltiger, doch die spärliche Vegetation zwischen all den Felsen und Geröll stimmt mich traurig. Dann schwindet sofort meine Lust am Laufen. Ich brauche Bäume, um die Natur genießen zu können.

Ich kann meine freien Stunden verträumen,

über die Wiese hinüber zu den Bergen schauen und nichts tun. Das versteht Florian nicht. Er ist immer in Bewegung, rennt unablässig.

Florian lernte ich bei uns im Hotel kennen. Er saß mit zwei Freunden an einem Tisch am Fenster und lächelte mich an, als ich ihm die Karte reichte. Ich lächelte automatisch zurück, obwohl er mir nicht gefiel. Er hatte seine langen rotblonden Haare im Nacken mit einem Band zusammengebunden, Männer mit Zopf fand ich lächerlich.

Dann stand plötzlich Basti neben mir, legte den Arm um meine Schulter und sagte: „Das ist meine beste Freundin Marion. Seid nett zu ihr!"

Wie kam er dazu? Ich spürte, wie ich rot wurde und starrte auf meinen Bestellblock.

Unsere Chefin mochte keine modernen elektronischen Hilfen, die jetzt in den Lokalen üblich waren. Mit solch einem IPad-System könnte man per Funk die Bestellung direkt in die Küche weiterleiten und das Kassieren und die Tagesabrechnung erheblich erleichtern. Doch die Chefin wollte, dass wir unseren Gästen in die Augen schauen und nicht auf unser *Wischbrett*. So nannte sie unsere Handys. Sie hatte sogar am Eingang ein Schild anbringen lassen, das das Benutzen der Handys im Gastraum verbot. Ich fand das überhaupt nicht zeitgemäß.

Jedenfalls fiel mir der Stift aus der Hand und Florian bückte sich danach. Ich auch. Und so stießen wir mit unseren Köpfen zusammen.

„Macht nichts", stotterte ich. Es wäre besser gewesen, ich hätte um Entschuldigung gebeten.

„Mir schon", jammerte Florian und hielt sich die Stirn.

Nun musste ich lachen.

Es stellte sich heraus, dass Basti und Florian alte Schulfreunde waren. Doch seit Basti Hotelkoch war, sahen sie sich nur noch selten. Während seine Freunde an den Wochenenden frei hatten, in den Bergen unterwegs waren oder im Sommer zum Schwimmen gingen, stand er in der Küche und musste arbeiten.

Florians Eltern mochte ich sofort. Sie lebten in einem großen Haus mit Zugang zum Ammersee. Im Durchgang zur Terrasse stand ein großer Flügel. Sobald sich Florian ans Klavier setzte, verwandelte er sich in einen ganz anderen Menschen. Seine ganze Sachlichkeit war verschwunden, er tauchte mit seinem gesamten Körper ein in die Melodien, die er spielte.

Ich habe nie gelernt, auf einem Instrument zu spielen. Mir fehlt es auch nicht. Ich hörte

Florian gern bei seinem Spiel zu, vor allem, wenn er Tschaikowsky spielte. Doch begleitete ich ihn nie zu Konzerten. Er hat es zwar nie gesagt, doch ich glaube, er hält mich für kulturlos. Ich mag es einfach nicht, mich aufzubrezeln und in einem langen Abendkleid neben ihm in den Konzertsaal zu schreiten. Abgesehen davon, dass ich überhaupt kein solches Kleid besitze und nicht vorhabe, mir eins zu kaufen.

Ins Theater gehe ich schon gar nicht. Dieses aufgesetzte Geschreie in seltsamen Kostümen vor Pappkulisse ist mir zuwider.

Kino kommt auch nicht in Frage, da ich schon kaum einen Fernsehfilm anschaue. Mir wäre es ohnehin zu ungemütlich zwischen all den Leuten, die Popcorn in sich hineinstopfen und ständig mit ihren Tüten rascheln.

Tanzen wäre etwas für mich. Ich tanze für mein Leben gern und kann bei Musik einfach nicht stillhalten. Gelernt habe ich es nie, doch das brauche ich auch nicht. Ich bewege mich im Takt frei nach Lust und Laune und folge keinen vorgegebenen Schritten. Ich liebe das Tanzen, weil man dabei wie mit Worten seine Gefühle ausdrücken kann. Florian tanzt nicht. Er findet das albern.

Wir passen wirklich nicht zusammen.

„Du willst nicht in der Kirche heiraten?", hatte er mich fassungslos gefragt.

„Nein, man heiratet im Standesamt. Diese alberne Zeremonie braucht es nicht."

Florian schaute mich entsetzt an. Seine Familie ist streng katholisch. Für sie ist der Glaube wichtig, für mich nicht. Ich glaube an die Unendlichkeit des Lebens, an den Himmel – an seinen Gott glaube ich nicht.

Auch bei uns im Erzgebirge war der Glaube tief verwurzelt. Doch seit kein Erz mehr gefördert wird, ist der Glaube in den Städten und Industrieorten verschwunden. Nur oben im Gebirge selbst hält sich die Gottesfurcht. Ich vermute, es liegt an den strengen Wintern mit meist viel Schnee. Dann sitzt man am Abend in den Stuben beisammen und singt bei Kerzenschein zu Hausmusik. Ich kenne ein Dorf, das nur fünfzig Tage im Jahr frostfrei ist. Deshalb verstehe ich, dass die Menschen an ihrem Glauben festhalten. Allerdings ist er im Erzgebirge evangelisch und nicht katholisch wie hier in Bayern.

„Eine Heirat ohne den kirchlichen Segen geht für mich nicht", verkündete Florian.

„Gut, dann heiraten wir eben nicht."

„Aber ich liebe dich!", rief er.

„Das glaube ich, doch es geht nicht."

„Und unsere Kinder? Willst du sie nicht taufen

lassen?"

„Nein. Außerdem will ich keine Kinder."

Das hatte ihn zutiefst erschreckt. Mich ebenfalls, doch er merkte es nicht. Vielleicht will ich eines Tages Kinder. Doch nicht jetzt. Und schon gar nicht mit einem Mann, dem die Kirche so wichtig ist. Das kann nicht gut gehen. Am schlimmsten ist, dass ich Florian niemals erzählen kann, dass ich mein Kind ermordet habe. Abtreibung ist Mord. So wird er denken. Diese Schuld muss ich ein Leben lang mit mir herumtragen. Manchmal scheint mir, dass diese Last immer schwerer wird. Doch man kann keine Ehe auf einer Lüge aufbauen. Das funktioniert nicht. Lügen sind etwas Schreckliches. Sie sind meiner Meinung nach wie das Schweigen die beiden größten Sünden.

„Du musst nicht arbeiten, meine Liebe. Ich verdiene genug für uns beide und auch für unsere Familie", sagte Florian. Das sollte mich vermutlich begeistern, doch es erschreckte mich. Ich fühlte mich sofort abhängig, was mir gar nicht angenehm war.

„Ich will für meinen Lebensunterhalt selbst sorgen. Verstehst du das nicht?"

„Nein, das verstehe ich nicht.

„Ich bin erst dreißig Jahre alt und habe das ganze Leben noch vor mir."

Wenn man jung ist, macht man sich keine ernsthaften Gedanken darüber, dass die eigene Zeit begrenzt ist. Sie scheint einem unendlich.

„Du bist *schon* dreißig Jahre alt. Es wird Zeit für eine Familie", argumentierte er.

„Doch mein Leben soll nicht aus einem Haus mit Garten und Kindern bestehen."

„Aber das IST das Leben." Seine Stimme klang verzweifelt.

„Für mich nicht."

Florian ist Lehrer. Ich mag keine Lehrer und habe keine guten Erinnerungen an meine Schulzeit. Nur an meine Freundinnen, nicht an die Lehrer.

Florian unterrichtet in einem Gymnasium Physik und Musik. Diese Kombination ist mir völlig unbegreiflich. Er leitet obendrein das Schulorchester. In unserem Gymnasium gab es kein Orchester, nur einen Chor. Dort sang man vor allem englische Lieder, die ich allesamt nicht mochte. Oft sogar Gospel. Gospel passen meiner Meinung nach nicht in ein naturwissenschaftliches Gymnasium einer Stadt.

Hier auf dem Land am Ammersee ist das natürlich anders. Ich lebe ausgesprochen gern in Bayern, weiß aber wenig über das hiesige Schulsystem.

„Mir gefällt meine Arbeit im Hotel. Ich bin

zufrieden damit", erklärte ich.

„Zufrieden", maulte Florian.

Drohend schaute ich ihn an. Sollte er es wagen, meine Arbeit herabzuwürdigen, würde ich sofort gehen. Dann brauchte er sich nie wieder blicken lassen.

Doch dazu ist Florian zu höflich, höflich an der Grenze zur Langeweile. Immerhin hat er recht damit, dass sich mein Tag allein nach den Bedürfnissen anderer richtet. Eigentlich das ganze Jahr hindurch. Mir gibt es Struktur und vor allem weiß ich, wie wichtig ich für andere bin. Wichtig bin ich auch für Florian. Doch das ist etwas anderes.

Florian hat feste Prinzipien. Das stört mich nicht, ganz im Gegenteil. Sie machen das Leben leichter und man weiß bereits vorher, woran man ist und was man erwarten kann.

Anfangs hörte ich ihm gern zu. Doch bald gingen mir seine Vorträge auf die Nerven. Und wenn er mich mitten im Satz unterbrach, um meine Worte zu ergänzen oder gar zu korrigieren, schrie ich ihn manchmal an. Am schlimmsten fand ich seine abschließende Frage: „Hast du alles verstanden?"

Ich kam mir dann immer so dumm vor, so unwissend. Mit meiner Bildung ist es nicht weit her, da ich nicht einmal das Abitur geschafft habe. Trotzdem bin ich intelligent und habe eine schnelle Auffassungsgabe. Meiner Meinung nach denkt Florian viel zu umständlich und kommt deshalb nie zum Punkt.

Er bittet nicht: „Erzähle mir davon!" Er fragt stattdessen: „Willst du darüber sprechen?" Das hört sich für mich so an, als wäre er nur höflich und keinesfalls interessiert.

Richtig Ärger gab es im letzten Jahr, als ich wie bisher mit Basti unseren Urlaub plante. Florian wollte nicht, dass ich mit einem anderen Mann wegfahre.

„Aber Basti ist schwul!", versuchte ich zu argumentieren.

„Das tut nichts zur Sache", wischte Florian mein Argument vom Tisch. „Ich will nicht, dass du mit ihm fährst. Punkt."

„Aber *ich* will mit ihm fahren. Wir fahren immer zusammen."

„Das war früher so. Jetzt hast du schließlich mich."

„Aber du hast keine Ferien!"

„Doch, ich habe die ganze erste November-woche frei."

Ungläubig schaute ich ihn an.

„Allerheiligen ist Dienstag, es gibt Ferien für die gesamte Woche."

Das war mir vollkommen neu, denn normalerweise fiel nur direkt am Feiertag der Unterricht aus.

„Außerdem beginnst du jeden Satz mit einem Aber. Das tut man nicht."

Und schon kochte in mir heiße Wut hoch.

„Du bist nicht mein verdammter Lehrer!", schrie ich ihn an. „Und ich bin nicht deine Schülerin. Merk dir das! Ein für alle Mal!"

„Aber du bist meine Freundin und ich will, dass du mit mir Zeit verbringst und nicht mit Basti."

„Jetzt sagst du selbst *aber*", konterte ich und freute mich, als Florians Gesicht krebsrot anlief. Es sah lächerlich aus, wenn sich so ein großer Mann aufregte und wie ein Rumpelstilzchen herumsprang. „Außerdem fahre ich in den Urlaub, mit wem ich will."

Das hatte gesessen.

„Gut. Dann weiß ich Bescheid und ziehe meine Konsequenzen." Seine Stimme klang kalt, was mich nun doch erschreckte.

„Mach doch, was du willst! Mich interessiert es nicht", fauchte ich trotzig.

Florian ging ruhig zur Tür und schmiss sie hinter sich krachend ins Schloss. Ich stürzte ihm nach.

„Wenn du jetzt gehst, brauchst du gar nicht mehr wiederzukommen!", schrie ich ihm hinterher.

Zuerst war ich bestürzt. Doch wir hatten uns

schon oft gestritten und angebrüllt, das war nicht ungewöhnlich. Nur schien mir diese Szene anders zu sein. Sicher hatte Florian meinen Nachsatz noch gehört, denn er meldete sich tatsächlich nicht wieder und ich rief ihn nicht an.

Basti hielt mich damals im Arm, als es aus war zwischen mir und Florian.

„Er liebt dich", versicherte er mir.

„Ich weiß", war meine Antwort.

„Wo ist das Problem? Was ist passiert?"

Ich konnte ihm nicht antworten und schüttelte nur den Kopf.

„Marion! Mein Herz, ich ertrage es nicht, dich so traurig zu sehen."

Er strich mir eine Locke aus dem Gesicht und mit seiner Hand langsam über meine Wange.

„Ich komme drüber weg", sagte ich und nickte.

„Was um Himmels Willen hat er dir getan?"

„Er will mich heiraten", schluchzte ich.

Basti schob mich zurück und schaute mich völlig irritiert an. Er brauchte lange, ehe es aus ihm herausbrach: „Aber das ist doch wunderbar!" Er ignorierte, dass ich meinen Kopf schüttelte und jubelte einfach weiter. „Ihr seid ein schönes Paar und werdet glücklich sein miteinander. Bis an euer Lebensende. Ich weiß das. Ich spüre so etwas."

„Er will in der Kirche heiraten."

„Na und? Das ist doch romantisch."

„Romantisch?", keuchte ich verächtlich. „Was ist romantisch daran, wenn ich vor Gott und der Kirche und im Namen irgendwelcher Heiligen den Bund der Ehe schließe?"

„Weil du nicht diese eine Stunde in der Kirche sein willst, wirfst du dein Glück fort?"

„Du verstehst überhaupt nichts!", fuhr ich ihn an. „Florian ist streng katholisch erzogen, er glaubt an diesen ganzen Zirkus. Ich nicht."

Ich merke, dass ich immer noch an Florian hänge, sonst würde ich nicht so oft an ihn denken. Doch wir haben uns getrennt. Das ist gut so, denn wir passen nicht zusammen.

Weiterfahrt

Gegen Morgen schlafe ich ein. Als ich wach werde, bin ich nass geschwitzt, mein Nachthemd klebt am Körper. Ich werfe es auf meine Tasche und dusche. Zehn vor Sieben. Ob es schon Frühstück gibt? Ich habe gestern vergessen zu fragen.

Ich ziehe die Vorhänge zurück und schaue aus dem Fenster. Es regnet. Das gefällt mir nicht. Doch ich lasse keinen Ärger aufkommen, denn immerhin fahre ich nach Italien, in den sonnigen Süden. Jetzt freue ich mich auf Genua, wo es wunderbar warm sein wird. Voller Vorfreude gebe ich *Genua Wetter* in mein Handy ein und kann nicht glauben, was ich sehe: Regen bei nur sechs Grad. Zu erwartende Tageshöchsttemperatur zehn Grad. Ich könnte heulen. Das hatte ich nicht erwartet. In meiner Vorstellung sah ich mich draußen in einem Straßencafé sitzen, die Sonne genießen und einen Cappuccino trinken. Doch dafür ist es entschieden zu kalt. Der November ist der regenreichste Monat des ganzen Jahres. Warum habe ich mich nicht vor meiner Fahrt informiert? Dann wäre ich nicht gefahren.

Oder doch? Die Idee, das Grab meines Vaters zu suchen, hat mich derart gepackt, dass ich mich von Tatsachen weder schrecken noch abhalten lasse. Schon gar nicht vom Wetter.

Ich habe eine gute Woche Zeit, dann ist mein Urlaub zu Ende und ich muss zurück im Hotel sein.

Es duftet nach Kaffee, sobald ich meine Zimmertür öffne.

Ich trinke zuerst Apfelsaft, bevor ich mir Kaffee einschenke. Dazu genieße ich zwei Scheiben Schwarzbrot mit Rührei und Käse. Daheim esse ich morgens Müsli mit Joghurt und Obst.

Gleichgültig, wie müde ich bin, ich brauche mein Frühstück.

Die Bedienung ist jung und hübsch, sicher eine Studentin. Im Hausprospekt habe ich gelesen, dass es im Ort eine Fachhochschule gibt. Oder sie könnte die Tochter des Hauses sein. Dafür spricht, wie aufmerksam ihre Augen die Tische absuchen, ob noch etwas zu ordnen oder zu räumen ist.

Es regnet immer noch, als ich das Hotel verlasse. Doch es hätte schlimmer kommen können, denn im November liegt oft schon Schnee.

Ich greife in meine Tasche, um den Autoschlüssel herauszuholen, finde ihn aber nicht. Das ärgert mich, denn ich habe für alle Dinge in meiner Tasche ein bestimmtes Fach, eine Stelle, wo es hingehört. Ich hasse es, wenn ich nach Dingen suchen muss und drehe meinen Kopf zur Seite, um in die Tasche schauen zu können.

Im gleichen Moment rutscht mein Fuß weg, ich knicke mit dem anderen um und stürze auf den Fußweg. So ein Mist! Hoffentlich hat das keiner gesehen. Schnell will ich wieder aufstehen, doch der linke Fuß tut furchtbar weh. Ich komme einfach nicht hoch.

„Hallo!", rufe ich über die Straße, wo gerade ein

Mann entlang läuft. „Können Sie mir bitte helfen? Ich habe mich verletzt."

Der Mann zögert keinen Augenblick und kommt sofort zu mir.

„Was ist denn passiert?"

„Ich bin gestürzt."

„Eis. An einigen Stellen ist der Regen gefroren", erklärt er.

Dann hilft er mir hoch. Er packt kräftig zu, doch ich schreie auf, als ich meinen Fuß belasten will.

„Können Sie gehen?"

„Eben nicht! Mein Fuß tut weh."

Mühsam versuche ich, die Tränen zurück-zuhalten. Der Mann schaut sich um.

„Das Hotel. Ich habe dort in dem Hotel übernachtet", sage ich und zeige mit dem Arm in die Richtung.

„Das sind keine dreißig Meter bis zum Eingang. Meinen Sie, dass Sie das schaffen mit meiner Hilfe?"

Ich nicke. Der Mann hebt meine Reisetasche an, hängt sich die Handtasche um und greift mir buchstäblich unter die Arme. So gestützt humpeln wir zurück zum Hotel. Dort legt man mir sofort das schmerzende Bein hoch und zieht mir den Schuh aus. Der Fuß ist bereits dick geschwollen.

„Bastl! Hole schnell Eis zum Kühlen und ein

Tuch! Eil dich!" Die Chefin gibt klare Anweisungen.

Das beruhigt mich. Doch der Name des Lehrbuben bringt mich ganz durcheinander. Basti. So heißt mein bester Freund. Wenn er jetzt hier wäre und mich in den Arm nehmen könnte, wäre alles halb so schlimm. Leider ist er weit weg in Amerika. Nun heule ich doch noch.

„Schätzchen, ich habe den Doktor gerufen. Gleich ist er da", tröstet die Chefin.

Im Krankenhaus

Ein Krankenwagen bringt mich in die nahe Klinik. Dort wird mein Fuß geröntgt.

„Der Außenknöchel ist gebrochen. Das müssen wir richten."

„Ich muss nach Italien."

„Daraus wird nichts, jedenfalls nicht heute. Zuerst kümmern wir uns um den Fuß und dann sehen wir weiter."

Als ich wieder zu mir komme, erklärt mir der Arzt, dass er den Bruch mit einer zehn Zentimeter langen Platte fixiert und mehrere Schrauben an beiden Bruchstücken angebracht hat. Ich fange sofort an zu heulen.

„Nun ist alles wieder in Ordnung", behauptet

der Arzt und tätschelt meine Schulter.

„Nichts ist in Ordnung!", schreie ich ihn an. „Wer hat ihnen erlaubt, in meinen Fuß Metall einzubasteln? Ich will das nicht!"

„Musste ich Sie um Erlaubnis fragen?", wundert sich der Arzt. Doch seine Stimme klingt eher amüsiert als verärgert.

„Allerdings!", schluchze ich. „Ich will keine Fremdkörper in meinem Fuß. Mich ekelt das."

Wie zum Beweis hebt es mich aus. Die Schwester reicht mir eine Schale.

„Das mag sein. Doch nun ist Gips drumherum. Und der bleibt jetzt sechs Wochen dran. Auch, wenn Ihnen das nicht gefällt."

„Ich kann unmöglich sechs Wochen lang hier herumliegen. Ich habe nur noch eine Woche Urlaub und muss ..."

„Sie müssen gar nichts. Jetzt haben Sie keinen Urlaub, jetzt sind Sie krank. Lassen Sie sich von der Schwester ein Beruhigungsmittel geben! Danach schauen Sie, dass sie weiter-kommen. Wir wollen Sie hier gar nicht."

Nun bin ich erschrocken. Wie redet der Mann mit mir? Darf der mich hinauswerfen, obwohl ich ein Gipsbein habe?

Der Arzt verlässt das Zimmer und die Schwester beugt sich zu mir herunter.

„Wir haben Ihren Freund informiert. Alles wird gut. Er kommt hierher."

„Basti? Aber der ist in Amerika!"

„Amerika? Nein, ich meine Ihren Verlobten."

„Verlobten? Ich bin ..."

„Na, der mit dem herzigen Herzl auf'm Handy."

„Sie haben mein Handy?"

Die Schwester schaut leicht irritiert. „Ich dachte, Sie so ganz allein hier ..."

„Schon gut. Danke", lenke ich ein.

Vermutlich gibt es wohl eine Vorschrift, die Familie zu informieren. Trotzdem finde ich es seltsam, dass sie einfach ohne mich zu fragen, in meinen Taschen wühlen und Leute anrufen. Ich habe nur wenige Kontakte im Telefonregister: Oma, Heike, meine Chefin, Basti und Florian. Florian hat vor und nach seinem Namen ein Herz. Das wollte ich schon lange löschen. Warum habe ich das nicht gemacht?

„Florian!"

Da steht er vor mir. Blond, groß und kein bisschen verlegen.

„Na, Maus, was machst du für Sachen?", fragt er lachend und beugt sich zu mir herunter, um mich zu küssen. Ich drehe meinen Kopf leicht zur Seite, damit es ganz normale Begrüßungs-Bussi werden.

„Mein Knöchel ist kaputt. Nun hänge ich hier fest. Dabei wollte ich weiter bis Genua."

„Genua? Warum das denn?"

Erst jetzt fällt mir ein, dass Florian überhaupt keine Ahnung hat von meinem anderen Vater und schon gar nicht wissen kann, weshalb ich unbedingt nach Genua will.

„Ich muss eben dahin. Hast du was dagegen?"

„Ich nicht, aber sicher dein Arzt."

Immer diese Logik. Ich liebe Logik, doch jetzt geht sie mir auf die Nerven. Vor allem Florians Logik. Warum ist er überhaupt gekommen? Also frage ich ihn.

„Warum bist du hier? Mir geht es gut. Ich werde gefüttert und versorgt."

Ich sage ihm nicht, dass ich hier nicht sechs Wochen bleiben darf. Doch mit ihm will ich nicht zurückfahren.

„Warum ich hier bin? Du liegst im Krankenhaus. Ich wollte dich sehen."

„Nun hast du mich gesehen", sage ich patzig.

Freundlich reden wir nur über Belanglosig- keiten. Ein ernsthaftes Gespräch über eine wichtige Sache war zwischen uns nie möglich, wir gerieten uns sofort in die Haare.

„Außerdem muss mein Kumpel nach Florenz. Den habe ich bis hierher mitgenommen, weil es auf der Strecke liegt."

Typisch Florian. Er denkt praktisch und ist immer hilfsbereit.

„Und wo ist dieser Kumpel jetzt?"

„Draußen auf dem Gang. Er wollte nicht mit

rein."

Ich schüttle den Kopf. Ist dieser Typ höflich, schüchtern oder einfach nur feige?

Florian öffnet die Tür und winkt hinaus.

„Das ist André", er zeigt mit dem Arm auf den jungen Mann, der neben ihm steht und dann auf mich. „Und das Marion."

„Warum kriegt der Flo immer die hübschesten Frauen ab?", fragt André und grinst mich an.

Eigentlich ist das ein ganz blöder Spruch, doch aus Andrés Mund klingt er richtig nett. Ich lächle und schaue ihn mir genauer an. Er hat schwarze Locken und schwarze Augen – wie ich – und ein ausgesprochen sympathisches Lachen.

„Du willst also nach Florenz?", frage ich André.

Er nickt.

„Ich muss nach Genua. Wenn du mich in meinem Auto nach Genua bringst, hast du mehr als die halbe Strecke schon weg", höre ich mich sagen.

Eine schwachsinnige Idee, das ist mir vollkommen klar. Doch ich bin wütend auf Florian, obwohl ich dazu eigentlich keinen Grund habe. In solch einer Stimmung rede ich manchmal Unsinn. Das weiß ich. Nur André weiß das nicht. Er nimmt meinen Vorschlag ernst.

„Ehrlich? Das wäre cool!"

André freut sich, doch Florian rastet aus.

„Spinnst du?", schreit er mich aufgebracht an. „Denke nach, bevor du redest!"

„Ah, der Herr Lehrer spricht. Was bitte hat die kleine dumme Marion nicht bedacht?"

„Wie du wieder zurück kommen willst."

Florian hat Recht. Wie immer. Das macht mich noch wütender als ich schon bin. Besonders vor André ist es mir direkt peinlich, so unüberlegt daherzuschwatzen. Doch ich will nicht nachgeben. Ich kann es einfach nicht.

„Wie lange bleibst du in Florenz?", frage ich André, als hätte ich Florians Einwand nicht gehört.

„Drei Wochen."

Ich nicke. „Und dann?"

„Weiß nicht. Weihnachten bin ich jedenfalls wieder daheim."

Weihnachten! Daran hatte ich überhaupt nicht gedacht. Was mache ich Weihnachten? Ich hänge mit meinem Gipsbein in meinem Zimmer herum und langweile mich zu Tode, während das Hotel ausgebucht und im Lokal die Hölle los ist. Das halte ich nicht aus.

„Genau wie ich", sage ich schnell.

„Cool! Dann könnten wir wieder zusammen fahren", geht André auf mein Geplapper ein.

„Super!", bestätige ich. „Das Zurückkommen wäre damit geklärt."

Herausfordernd schaue ich Florian an. Er schüttelt resigniert den Kopf.

„Ich verstehe dich nicht."

„Nein, du verstehst mich nicht. Wie immer."

Florians Gesicht verändert sich. Er sieht auf einmal richtig müde aus. Nun tut er mir leid. Immerhin ist er sofort zu mir gekommen. Naja, Kufstein ist nicht weit, viel länger als eine Stunde brauchte er für diese Strecke nicht. Florian gerät genauso schnell in Wut wie ich, doch wir konnten uns nie streiten. Wir schrien uns nur an, dann drehte er sich um und schlug die Tür hinter sich zu. So löst man keine Probleme. Doch heute bleibt er ruhig. Das irritiert mich.

Außerdem weiß ich nicht, was ich drei Wochen in Genua machen soll. Doch nun habe ich es einmal gesagt und nehme mein Wort nicht mehr zurück.

André schaut zwischen mir und Florian hin und her und spürt die Spannung zwischen uns. Ihm ist die Situation unangenehm und er weiß nicht, wie er sich verhalten soll.

„Ich fahre also zurück", sagt Florian leise.

Ich nicke.

„Allein."

Wieder nicke ich und zwinge mich, Florian dabei anzuschauen.

„Es war nett von dir, hierher zu kommen."

Florian zuckt mit der Schulter.

„Und mir einen Chauffeur zu bringen", ergänze ich und versuche zu lachen.

André

Am nächsten Tag sitzen wir tatsächlich in meinem Auto, André am Steuer. Wenigstens regnet es nicht mehr.

„Wird es gehen?" Er zeigt auf meinen Gipsfuß.

Ich nicke. André hat meinen Sitz so weit wie möglich nach hinten geschoben und unten in den Fußraum meine Reisetasche und darauf ein Kissen gepackt. Ich habe keine Ahnung, ob er das aus dem Hotel oder dem Krankenhaus hat. Mein Bein liegt hoch, weich und bequem.

Ich zeige auf mein Lenkrad und wiederhole seine Frage: „Wird es gehen?"

André lacht und zuckt mit der Schulter. „Klar geht das. Ohne mich kämst du jedenfalls nicht nach Genua."

Das klingt eher charmant als herablassend. Mir ist dieser junge Mann sympathisch. Ich fühle mich wohl neben ihm, obwohl ich ihn überhaupt nicht kenne. Zu allem Überfluss sieht er noch auffallend gut aus, ich mag südländische Typen. Vor allem, wenn André lacht, ist mir, als schmelze ich dahin. Ich schüttle meinen Kopf über solch einen albernen Gedanken.

„Und du? Wie wärst du ohne mich nach Florenz gekommen?", will ich wissen.

„Mit dem Zug bis Innsbruck und dann als Mitfahrer. Das kostet nur zehn oder zwölf Euro und ist billiger als mit dem eigenen Auto."

André will also Geld sparen. Das heißt, er wird nicht wie Sonja die Tankfüllung bezahlen.

Als hätte er meine Gedanken erraten, erklärt er: „In Gesellschaft vergeht die Fahrt schneller und ist obendrein lustiger."

„Das stimmt. Wie schnell sind wir eigentlich in Genua?"

„In sechs oder sieben Stunden vielleicht. Das kommt auf den Verkehr an und wie oft wir Pause machen." André zeigt auf meinen Fuß.

„Ach, ohne meinen Klumpfuß säßen wir gar nicht zusammen im Auto."

André schaut mich an und lacht. Ich lache zurück und habe das Gefühl, als ob wir uns schon immer kennen.

„Wie lange kennt ihr euch schon?"

André schaut mich fragend an.

„Ich meine, du und Florian."

„Wir kennen uns schon immer. Unsere Eltern sind Nachbarn. Wir spielten zusammen am See und gingen in die gleiche Klasse. Flo ging dann nach München und studierte Theologie."

„Theologie?" Überrascht schaue ich ihn an.

„Das wusste ich nicht."

„Er redet nicht drüber. Nach einem Jahr hat er das Studium geschmissen und auf Lehramt für Physik gewechselt."

„Von Theologie zur Physik. Beißt sich das nicht?"

André zuckt mit der Schulter. „Keine Ahnung. Seine Sache."

Florian ist nüchtern wie ein Physiker und dabei temperamentvoll in seiner Musik. Er überrascht mich, doch selten angenehm. Zudem ist er Lehrer. Lehrer wissen alles besser und wollen jedem erklären, wie der Hase läuft.

André hat so etwas Wildes an sich, etwas, was man nicht greifen kann, weil es nicht festgelegt ist. Ich weiß gern, woran ich bin. Doch bei André finde ich das Ungewisse spannend, es macht mich neugierig.

„Und du? Was machst du?", frage ich.

„Ich bin Grafikdesigner."

„Oh, das klingt nach Künstler."

André lacht. „Das dachte ich auch. Wir kümmern uns um das Corporate Identity."

„Um was?"

„Unternehmensidentität. Es geht um den Firmenauftritt, wie sich eine Firma auf dem Markt präsentiert."

Das klingt richtig interessant.

„Was genau macht ihr da?", hake ich nach.

„Eigentlich alles. Angefangen von Visitenkarten, über Kataloge, Layout der Webseite bis hin zum Firmenlogo, auch Verpackungsdesign. Manchmal gestalten wir sogar das Produkt mit."

„So viel? Dafür hast du sicher lange studiert."

„Im Gegenteil. Nur zwei Jahre Lehrzeit. Blöd war nur, dass es kein Lehrgeld gab."

„Was? So etwas gibt es doch gar nicht."

„Doch."

Prüfend schaue ich André an. Doch er sieht nicht so aus, als ob er mich auf den Arm nimmt. Trotzdem scheint es mir sehr unwahrscheinlich, dass man zwei Jahre lang unbezahlt arbeitet. Ist das überhaupt rechtens?

„Und was hast du gelernt?", will André wissen.

„Nichts." Ich lache ihn an. „Doch dafür habe ich vom ersten Tag an Geld verdient."

„Verdient hätte ich es auch, doch habe ich keins bekommen."

Wieder lache ich, obwohl das eigentlich nicht wirklich lustig ist. Doch ich kann einfach nicht anders, als ihn anzulachen.

Was ist eigentlich los mit mir? Ich habe einen kaputten Fuß und sitze neben einem völlig fremden Mann im Auto, um mit ihm in eine noch fremdere Gegend zu fahren und das Grab eines mir völlig unbekannten Mannes zu suchen. Und trotzdem fühle ich mich so wohl wie schon lange nicht mehr.

„Aber man kann doch nicht leben ohne Geld!", wird mir plötzlich bewusst.

„Meine Eltern haben mich unterstützt."

Natürlich. Eltern machen so etwas. Dazu sind sie da. Ich habe das wieder vollkommen vergessen, weil ich selbst keine Eltern hatte, die mich unterstützten. Ich musste mich immer selbst um alles kümmern.

„Ich habe mit Porträtzeichnen etwas dazu verdient. Das fing auf einer Party an, als ich aus Spaß einen albernen Spaßvogel zeichnete. Plötzlich wollten alle solch ein Bild. Anfangs habe ich sie verschenkt. Doch bald fertigte ich Auftragsporträts an."

„Ich wusste, dass du Künstler bist. Ich habe das gespürt."

„Künstler. Was stellst du dir unter einem Künstler vor? Ein Künstler ist auch nichts anderes als ein ganz normaler Mensch."

„Das glaube ich nicht. Künstler sind kreativ."

„Ist ein Tischler nicht ebenfalls kreativ?"

Darüber habe ich noch nie nachgedacht. Maler, Schauspieler, Musiker und Schriftsteller sind Künstler für mich. Doch sind Schauspieler oder Musiker kreativ? Sie haben die Worte, die sie sprechen und die Töne, die sie singen oder spielen, nicht erdacht.

„Für mich gibt es einen großen Unterschied

zwischen Kunst und Kultur", erklärt André.

Natürlich. Schon die Worte unterscheiden sich. Verschiedene Worte bezeichnen verschiedene Dinge. Das ist mir klar. Doch mich interessiert, was genau André meint.

„Wenn ich ein Bild male und der Betrachter nicht auf Anhieb sieht, was es ist und wozu es nützlich ist, ist es Kunst."

Ich nicke.

„Doch wenn mein Portrait oder Gemälde von den Alpen die Leute erfreut, sie etwas sinnvolles damit anfangen können, ist es Kultur."

Nun, was macht man mit einem Bild? Man hängt es in den Flur oder ins Museum. Trotzdem verstehe ich, was André meint. Musik erfreut die Leute, das ist Kultur. Und Bücher? Manche Bücher bekommen einen Preis für Kunst und Literatur, doch sie erfreuen mich nicht, weil sie unverständlich geschrieben sind. Ist es dann Kunst? Und die „Polareule" Kultur? Diese Buch trage ich als Reiselektüre in meiner Tasche. Es ist die Geschichte eines kleinen Jungen, dessen Eltern nach Sibirien verbannt werden. Er wächst in der absoluten Wildnis auf und hat kaum Kontakt zu anderen Menschen. Ich bin schon gespannt, was aus dem Jungen wird und nehme mir vor, heute Abend weiterzulesen.

„Der Sinn der Kunst liegt nicht darin, dass die Leute Gefallen daran finden", fasst André zusammen.

„Dann aber ist sie nutzlos."

„Genau."

Nutzlos. So fühle ich mich zur Zeit. Ich kann nicht laufen und nicht einmal selbst Auto fahren. Sechs ewig lange Wochen soll mein Bein in Gips bleiben und danach ist an Laufen oder gar Servieren noch immer nicht zu denken. Ich muss anfangs Krücken benutzen, darf das Bein nicht belasten und soll wer weiß wie lange Physiotherapie machen. Die Platte mit ihren vielen Schrauben bleibt ein halbes Jahr in meinem Körper. Furchtbarer Gedanke.

„Florenz war das Ziel meiner Träume", sagt André plötzlich.

„Jetzt nicht mehr?"

Er zuckt mit der Schulter. „Ich weiß nicht."

So etwas weiß man doch.

„Ich wollte dort Malerei studieren und hatte mich für das Wintersemester eingeschrieben. Doch ich konnte nicht weg und nun ist es zu spät."

„Warum konntest du nicht weg? Wegen deiner Arbeit?"

„Nein, ich hatte rechtzeitig gekündigt."

André schweigt. Er fährt sich mit der rechten

Hand durch seine Locken. Am liebsten würde ich das jetzt ebenfalls tun. Es tut richtig weh, mich so zurückzuhalten und zieht unangenehm im Bauch. Unwillkürlich zucken meine Hände zum Bauch.

„Hast du Hunger?", fragt André.

„Ja, großen sogar", sage ich schnell und werde rot.

André hat nichts gemerkt.

„Der nächste Rasthof gehört uns!", verkündet er und zeigt auf ein Schild, das eine Raststätte ankündigt.

Wir müssen uns hinter einem Wohnwagen einordnen, an dem wir bis zur Ausfahrt nicht mehr vorbei kommen. Ich frage mich, warum sich vernünftige Menschen derartiges antun? Sie schleppen ihren Hausrat quer durch Europa, um dann auf engstem Raum ihren Urlaub zu verbringen. Bevor sie am Abend ins Bett können, müssen sie das halbe Mobiliar umräumen, vorher mit fremden Leuten in einem Raum duschen und auf den Toiletten die Geräusche und Gerüche der vielen Fremden ertragen. Mir würde solch ein Nomadendasein nicht gefallen. Man quält sich von Stau zu Stau, um dann für teures Geld auf einem schmutzigen Parkplatz ohne jeden Grashalm eingequetscht zwischen Zelten und anderen

Wohnwagen zu stehen. Gar nicht dran zu denken, wenn es regnet. Haben diese Leute kein Bedürfnis auf Komfort? Mahlzeiten von Plastikgeschirr, Nachbarn mit nacktem Oberkörper, die aus der Flasche trinken und kiloweise Fleisch auf den Grill schmeißen würde ich nicht ertragen.

„Das wäre nichts für mich." André zeigt auf den Wohnwagen.

Ich hätte ihn umarmen können, weil ich mich so wunderbar verstanden fühle.

„Ich brauche keinen Luxus, doch ein sauberes Hotelzimmer mit eigenem Bad und ein gutes Frühstück sind mir wichtig."

Ich nicke.

„Tage- oder wochenlang Grillfleisch und Zeug aus der Dose sind einfach nicht mein Ding."

„Das geht mir ebenso." Glücklich strahle ich André an.

Ich schaue zufrieden auf meinen Teller Spaghetti mit Tomatensoße, eine Mahlzeit, die ich zu jeder Tages- und Nachtzeit essen könnte. Vor André steht eine große Portion Bauernfrühstück.

„Ich esse auch gern Nudeln", erklärt er. „Doch Kartoffeln gibt es bei uns daheim höchst selten."

Er schiebt sich eine voll beladene Gabel in den

Mund und kaut genüsslich.

„Mein Vater hat mir den Geldhahn zugedreht", erklärt er plötzlich. „Er meint, dass man mit Dreißig sein Leben im Griff haben muss. Ich werde nächsten Monat Einunddreißig."

Dann ist André eineinhalb Jahre jünger als ich.

„Ihm war wichtig, dass ich auszog. Doch wohin?" Er schaut mich an und wirkt kein bisschen verlegen. „Für ihn ist das Projekt Kind abgeschlossen, ein für alle Mal."

Nun lacht er.

Wie kann man in solch einer schwierigen Situation lachen? Dass André wegfährt, kann ich verstehen. Doch wenn er nicht die Taschen voller Geld hat, wird es ihm in Florenz nicht besser gehen als in München oder am Ammersee. Wenn er allerdings Geld hätte, hätte er pünktlich zum Wintersemester sein Studium beginnen können.

„Malerei ist für meinen Vater eine brotlose Kunst. Dabei hat mich gerade die Malerei gerettet, mir geholfen, einen Brotjob zu erlernen. Ist das nicht verrückt? Nun sitze ich sozusagen auf dem Trocknen."

„Das ist ja blöd", rutscht es mir heraus. „Nun brauchst du eine Arbeit."

André sieht mich erstaunt an. „Wenn du nur auf die Arbeit schaust und dabei das Leben vergisst, ist es kein Leben."

„Ohne Arbeit hast du kein Geld und ohne Geld kannst du nicht leben."

„Ich gebe mein Geld nicht für Dinge aus, sondern für Ereignisse."

Das klingt mir zu pathetisch und ich frage nach. „Was genau meinst du damit?"

„Ich kaufe keinen Tand, keinen Modekram, kein Auto. Ich gehe gern gut essen oder fahre mit Freunden weg."

Das klingt gut. Doch in der Realität braucht man sehr wohl Geld für gutes Essen und Reisen. Es sei denn, er arbeitet wie ich in einem Hotel für wenig Lohn, gute Kost und ein Zimmer mit Bad. Mit Freunden wegfahren kann ich allerdings nur außerhalb der Saison, im November. Auch ich gebe kein Geld für Dinge aus, maximal für Kleider und Schuhe. Das sage ich ihm und überlege: „Vielleicht kannst du wieder in deiner alten Firma arbeiten?"

„Nein, meine Firma nimmt mich nicht zurück, ich will auch nicht. Es ist irgendwie peinlich, wenn man zurück gekrochen kommt."

Ich schüttle den Kopf. „Nicht unbedingt. Man kann seine Meinung jederzeit ändern."

„Stimmt. So fest ist meine Meinung ohnehin nicht. Ich will mich nicht festlegen, alles einfach auf mich zukommen lassen und bis dahin meine Freiheit genießen."

Das ist nun gar nichts für mich. Wer sich nicht

festlegt, ist doch nicht automatisch frei. Wenn ich weiß, was mich erwartet, fühle ich mich viel freier.

„In Florenz ist das Leben jedenfalls anders als in Deutschland", sagt André.

„Sicher. Es ist schließlich ein anderes Land mit anderen Traditionen, einer anderen Kultur. Also muss auch das Leben dort anders sein."

Ich frage mich, ob ein anderes Leben automatisch ein besseres Leben ist. Vermutlich ist André ein Lebenskünstler. Ich sage ihm das.

„Stimmt. Ein Lebenskünstler braucht keinen festen Plan, um leben zu können. Er kommt ohne jeden Plan zurecht", erklärt er.

Funktioniert ein Leben so ganz ohne Plan? Einen direkten Plan habe ich auch nicht, nur Gewohnheiten.

„Ich pflege lieber meine Gewohnheiten. Das ist für mich echte Lebenskunst."

André schaut mich amüsiert an.

„Ja", beharre ich. „Gewohnheiten sind erholsam und alles andere als langweilig." Mich ärgert, dass die meisten Leute den Alltag als langweilig und Gewohnheiten als altmodisch empfinden.

„Ein Lebenskünstler ist eine Person, die aus allen Situationen im Leben das Beste macht."

„Und das ist gut? Ich meine, dann brauchst du zuerst eine Situation, bevor du etwas machen kannst."

André überlegt. Schließlich lacht er sein wunderbares Lachen und sagt: „Du hast recht."

Wir kommen auf der Autobahn gut voran. Die Zeit vergeht rasend schnell. Das liegt sicher an der kurzweiligen Unterhaltung. Es ist schließlich nicht selbstverständlich, viele Stunden neben einem völlig fremden Menschen zu sitzen und sich gut mit ihm zu unterhalten. Irgendwie freue ich mich jetzt schon auf die Heimreise, obwohl wir noch nicht einmal angekommen sind und ich eigentlich nicht so genau weiß, was ich so allein in Genua machen soll.
„Was genau hast du jetzt vor?", frage ich André.
„Zuerst will ich nach Rapallo."
„Wo liegt dieses Rapallo?"
André lacht. „Nicht weit von Genua entfernt. Meine Schwester lebt dort."
„Hat sie einen Italiener geheiratet?
„Ja. Sie haben zwei Kinder, zwei absolut hinreißende Mädchen. Ich bin ganz vernarrt in die beiden." Er strahlt mich an und ich sehe seinem Gesicht an, wie sehr er die Kinder mag.
„Weißt du, unser Vater ist Italiener."
„Oh, meiner auch!", höre ich mich sagen.
„Dann fährst du ihn besuchen?"
Ich nicke. Und ohne weiter nachzudenken erzähle ich André von meinem Vater, den ich gar nicht kenne und auch nicht kennenlernen

kann. Denn er ist tot.

André wundert sich nicht, dass ich deshalb diese weite Reise mache, sondern nickt, als verstünde er alles ganz genau und hätte es auf jeden Fall genauso gemacht.

„Ich helfe dir", beschließt er sofort. Er fragt nicht, er teilt es mir mit.

Mich beruhigt das sofort, obwohl ich normalerweise überhaupt nicht mag, wenn mir jemand ungebeten hilft. Doch André ist nicht irgend jemand, er ist etwas besonderes. Das spüre ich genau.

Ich schaue aus dem Fenster, damit er nicht sehen soll, wie sehr ich mich freue. Dabei gibt es draußen gar nichts zu sehen. Die Landschaft ist flach und so öde und eintönig, dass einem schlecht werden kann. Mich wundert, dass es überhaupt wem einfällt, sich hier niederzulassen.

Rapallo

Die Gegend ist auf einmal nicht mehr so langweilig, denn die flache Tiefebene haben wir endlich hinter uns. Wir durchfahren auf nur fünfzig Kilometern 34 Tunnel. Ich habe sie alle gezählt. Der kürzeste ist nur 180 Meter lang, der längste fast zwei Kilometer. Ich glaube nicht, dass ich diese weite Fahrt ganz allein gemeistert hätte und bin glücklich, neben André zu sitzen.

„Worüber lachst du?", fragt er.

„Ich bin einfach nur glücklich", antworte ich.

„Man ist nicht einfach so mal eben glücklich. Man muss schon etwas dafür tun."

Erstaunt schaue ich André an.

„Mir reicht es, aus dem Fenster zu schauen und die Landschaft zu sehen. Das macht mich glücklich."

Ich sage nicht, dass mich seine Gegenwart noch glücklicher macht als die schöne Gegend ringsum.

„Man kann gar nicht bewusst glücklich sein. Man merkt nur, dass man glücklich war, wenn man das Glück verloren hat."

„So ein Quatsch!", platze ich heraus. „Glaubst du das wirklich?"

„Jedenfalls glaubt das Rousseau."

Ich zucke mit der Schulter.

„Das ist ein Philosoph."

„Ein unglücklicher Philosoph", ergänze ich und frage: „Und du? Bist du nicht glücklich?"

„Glück. Irgendwie klingt das altmodisch."

„Aber was ist daran altmodisch? Außerdem fällt mir kein anderes, moderneres Wort für Glück ein. Es gibt auch keins."

Mich macht auch das Reden mit André

glücklich. Wir haben nicht immer die gleiche Meinung. Doch das macht nichts. Es gibt keinen Streit, keiner beharrt auf sein „Recht". Es ist einfach angenehm, neben ihm zu sitzen.

Allerdings tut mir so langsam der Hintern weh. Ich weiß gar nicht mehr, wie ich sitzen soll und rutsche ein wenig hin und her. André dagegen kann seine Stellung nicht ändern während der Fahrt.

„Bist du nicht müde?", frage ich ihn.

Er lacht mich an. „Ganz im Gegenteil. Ich bin schon ganz aufgeregt, denn wir sind gleich da. Meine Schwester erwartet uns schon."

Ich weiß genau, dass ich zum ersten Mal in meinem Leben hier bin. Und trotzdem fühle ich mich wie willkommen geheißen. Direkt umarmt. Ganz sanft, nicht gedrückt und eingeengt.

André fährt eine schmale Straße den Berg hinauf und parkt vor einem Eisentor.

Er reicht mir die Krücke. Sie ist leuchtend türkis, die Farbe beißt richtig in den Augen. Immerhin bringt mich dieses abscheuliche Teil zum Lachen und vor allem sicher vorwärts. André hakt meinen freien Arm unter und drückt ihn fest an seinen Körper. Sofort durchzuckt es mich.

„Habe ich dir weh getan?", fragt er erschrocken.

„Nein, nein", versichere ich.

Ich kann ihm unmöglich sagen, dass allein seine körperliche Nähe mich so durcheinander bringt. Dabei will er mir nur helfen, mich halten, damit ich nicht stürze. Das ist alles. Ich dagegen fühle viel mehr. Was genau es ist, kann ich nicht sagen, weil dieses Gefühl völlig neu für mich ist.

André führt mich einen mit Feldsteinen gepflasterten Weg entlang durch einen großen Garten mit einer Palme in der Mitte. Etwas erhöht steht eine zweigeschossige Villa mit flachem Dach und grünen Fensterläden. Die Fenster reichen bis zum Boden. Ich bin absolut hingerissen und hätte am liebsten gejubelt.

„Hier wohnt meine Schwester."

André legt seinen Arm um meine Schulter. Am liebsten wäre ich komplett in seine Arme gekrochen.

„Aber warum weinst du denn?", fragt er erschrocken.

„Ich weiß nicht. Ich bin so glücklich auf einmal, so, als käme ich nach Hause. Als würde mich hier jemand erwarten, den ich sehr mag."

„Schau!" André zeigt auf die Eingangstür, aus der eine junge Frau gelaufen kommt. Sie hat die Arme weit ausgebreitet und läuft lachend auf uns zu. André lässt mich los und geht seiner Schwester entgegen. Sie fallen sich in die Arme und küssen sich immer wieder.

„Marion, das ist meine Schwester Martina", stellt er sie mir vor. Sie hat die gleichen schwarzen Locken wie ihr Bruder, allerdings grüne Augen.

„Herzlich willkommen." Martina umarmt mich herzlich, hakt mich einfach unter und führt mich zum Eingang. „Ihr habt das Haus für euch allein. Jetzt im November und Dezember haben wir keine Gäste."

Sie öffnet eine der Terrassentüren und zeigt mit dem Arm hinaus. Ich bleibe wie angewurzelt stehen, so fasziniert mich der Blick über die Stadt und die Meeresbucht. Die Sonne ist gerade untergegangen und verschwindet hinter einem Hügel der Bucht. Das Wasser glitzert dunkelblau und ist fast so schwarz wie der Himmel. Im Meer spiegeln sich die Lichter der Stadt. Ich stütze mich auf die Steinbalustrade und lehne mich weit hinüber, um so viele Bilder wie nur möglich einzufangen, in mich aufzusaugen. Dieses unglaublich warme Licht lässt mich die Kälte der Luft vergessen.

„Packt erst einmal in Ruhe aus!", holt mich Martina in die Wirklichkeit zurück. „Zum Abendessen kommt ihr hinüber zu uns."

Sie lacht mir noch einmal zu, bevor sie sich umdreht und hinter einer Tür verschwindet. Ich kann mich nicht von dem Lichtermeer unter mir losreißen, obwohl inzwischen mein Fuß unangenehm hackt.

„Willst du dich setzen?" André steht plötzlich neben mir. Er scheint genau zu fühlen, wie es mir geht. „Unsere Zimmer sind oben."

Er führt mich durch einen Raum mit alten Stilmöbeln: zwei Sessel mit geschwungenen Holzlehnen und hellen Blumenmustern auf den Polstern, einer antiken dunklen Anrichte, einem Wandtisch aus Marmor und darüber ein riesiges Gemälde in einem Goldrahmen.

„Das ist Rapallo", erklärt André. „Ich habe es am Strand gemalt."

Ich sehe auf dem Bild eine breite Promenade, die direkt am Meer entlang führt, gesäumt von Palmen und kleinen Bäumen, die wie ein Sonnenschirm zurechtgestutzt wurden. Dahinter deuten sich mehrstöckige Stadthäuser und ein bewaldeter Hügel an.

„Es ist wunderschön", flüstere ich.

„Morgen siehst du alles in natura."

Wir steigen eine breite Holztreppe nach oben. André öffnet eine Tür, sagt: „Das Bad", und bleibt vor der nächsten stehen. „Dein Zimmer. Ich hoffe, es gefällt dir."

Und ob es mir gefällt! Darin steht ein altes Doppelbett mit einem hohen Kopfteil aus dunklem geschnitzten Holz. Darüber hängt eine Madonna mit dem Jesuskind im Arm. Es ist so übermäßig kitschig, dass es schon wieder schön ist. Hier werde ich mich wohl fühlen.

„Mein Zimmer ist nebenan", erklärt André, stellt meine Tasche aufs Bett und geht.

Ich nicke und muss schon wieder weinen. Was ist nur los mit mir?

Eine knappe Stunde später klopft es an meine Tür.

„Bist du fertig?", höre ich Andrés Stimme.

„Ja, komm rein!", antworte ich.

André bleibt im Türrahmen stehen und schaut mich wie gebannt an.

„Was ist? Ist etwas falsch?"

Ich fahre mit der freien Hand durch meine Haare und ziehe die Bluse glatt.

„Du bist wunderschön", flüstert er. „Weißt du das?"

„Papperlapapp", sage ich und werde knallrot. Sicher so rot wie meine Bluse. Ich halte meine türkisgrün leuchtende Krücke daneben. „Kann ich mich so deiner Schwester zeigen oder tun ihr dann die Augen weh?"

Nun lacht André. „Wir werfen das blöde Ding unter den Tisch, dort sieht es keiner."

Dann hakt er mich unter und wir gehen durch den Garten und an einem hübsch geschwungenen Pool vorbei, der jedoch kein Wasser enthält.

Dahinter steht ein Haus, das auf den ersten

Blick wie eine Kopie der alten Villa wirkt. Es hat ebenfalls zwei Geschosse und ein flaches Dach und den gleichen gelben Putz. Doch die vordere Front ist komplett aus Glas und an der rechten Giebelseite ein schmaler Lichtschacht, der ebenfalls über beide Stockwerke reicht. Innen ist alles komplett anders als in der Villa. Nichts ist alt und antik oder gar verschnörkelt. Es gibt strenge klare Linien, rechtwinklige Kastenmöbel aus weißem Holz oder Glas, die Sitzmöbel aus hellem Leder. Irgendwie wirkt es auf mich klinisch rein wie in einem Labor oder Hotelfoyer.

An den weiß gekalkten Wänden hängen mehrere meterhohe Gemälde mit seltsamen apfelgrünen Ovalen. Sie stehen schräg oder liegen quer durcheinander und stellen wahrscheinlich Köpfe dar. Ovale Münder, die wie schwarze Löcher aussehen, geben dem gesamten etwas Erstauntes. Auch die Augen sind oval und viel größer als der Mund. Haare haben sie nicht.

„Die hat Martina gemalt", erklärt André.

Zum Glück habe ich nichts gesagt. Wer weiß, was mir wieder Dummes aus dem Mund geschlüpft wäre.

„Dann habt ihr beide das gleiche Talent", bringe ich schließlich hervor.

André lacht. „Naja, meine Porträts sehen ein

wenig anders aus."

Nun muss auch ich lachen.

In diesem Moment kommen zwei Mädchen von sieben oder acht Jahren herein gerannt und stürzen sich beide gleichzeitig in Andrés Arme.

„Endlich kann ich die zwei hübschesten Mädchen der ganzen Welt umarmen."

André strahlt übers ganze Gesicht und die Mädchen kichern und glucksen vor Freude.

„Deine Freundin ist aber auch hübsch", stellt das jüngere Kind nüchtern fest.

Ich fühle mich geschmeichelt und sage: „Ich bin die Marion. Und du?"

„Viola. Und das ist meine Schwester Sofia." Sie zeigt auf das andere Kind, das sich bereits auf seinen Stuhl gesetzt hat.

Sofia und Viola sprechen akzentfrei Deutsch.

„Sie wachsen zweisprachig auf. Bei uns im Haus wird Deutsch gesprochen. Mein Mann ist ebenfalls ein Mischwerk." Martina zuckt mit der Schulter. „Bei ihm ist es umgekehrt: die Mutter Italienerin und der Vater Deutscher." Sie zeigt auf den unbesetzten Stuhl am Tisch, wo kein Gedeck steht. „Heute hat er wie so oft ein Geschäftsessen und bedauert es sehr, dass er euch erst morgen begrüßen kann."

Zuerst gibt es eine Gemüsesuppe, danach mit Käse gefüllte Ravioli und knallgrünes Olivenpesto, hinterher kleine Apfelkrapfen. Dazu trinken wir einen kräftigen Rotwein, der nach Kräutern schmeckt.

Der Abend verläuft ausgesprochen lustig. Martina und die Mädchen geben mir das Gefühl, als ob ich schon lange zur Familie gehöre. Dabei merke ich gar nicht, wie die Zeit vergeht, nur mein Fuß hackt wieder und ich weiß nicht mehr, wie ich sitzen soll.

„Ich sehe, du bist müde." Martina legt mir die Hand auf den Arm.

Dankbar nicke ich und stehe sofort auf. André begleitet mich bis zu meinem Zimmer. Am liebsten hätte ich ihn festgehalten. Doch ich gebe ihm nur ein freundschaftliches Gute-Nacht-Bussi und schließe die Tür.

Mit dem Gipsbein wage ich nicht zu duschen. Eine kurze Katzenwäsche muss genügen. Erschöpft liege ich im Bett. Doch an Schlaf ist nicht zu denken.

André

André geht mir nicht mehr aus dem Kopf. Woran ich auch denke, er ist immer dabei. Ich höre ihn lachen, sehe seine dunklen Augen, seinen besorgten Blick. Vermutlich würde mir

André jeden Wunsch erfüllen, denn genauso sieht er mich immer an.

So ein Unsinn! Wie komme ich nur dazu, mir so etwas auszumalen? Ich kenne ihn überhaupt nicht. Doch, wir haben viel zusammen geredet und gelacht. Ihm habe ich sofort alles über mich erzählt, über meinen anderen Vater, meine Schwester und sogar über meine Mutter. Darüber konnte ich bisher nur mit Basti sprechen. Nicht einmal Florian kennt meine Familie und deren Geschichte, obwohl wir fast zwei Jahre zusammen waren.

Ich frage mich, ob das Weglassen von solch wichtigen Informationen bereits Lüge ist. Doch Florian reichten nackte Informationen nie aus, er hinterfragte alles, diskutierte darüber und machte Vorschläge. Mir schien es deshalb wirklich besser, gar nichts zu sagen.

Wir stritten viel um Worte. Ich glaubte, mich deutlich ausgedrückt zu haben, doch Florian verstand etwas ganz anderes. Wir sagten die gleichen Worte und meinten doch gänzlich Verschiedenes.

Andrés Worte korrigieren meine nicht, sie ergänzen sie.

Gleichgültig, was André sagt, ich höre ihm gern zu. Ich erinnere mich an seinen Geruch, als er mich vor dem Haus in den Arm nach. Er roch so wunderbar nach Sonne im November, nach Wiese – nach André eben. Ich mag ihn einfach. Doch so einfach ist das nicht. Sicher hat er eine Freundin.

Vielleicht suche ich auch einfach nur Halt bei ihm, weil ich so weit weg von daheim bin, weil Basti so weit weg ist, weil ich einen kaputten Fuß habe und weil es so blöd ist, im November in ein fremdes Land zu reisen, um einen toten Vater zu suchen.

Ich versuche, mich auf die Seite zu drehen. Es geht nicht. Der Gips stört. Noch mehr stören meine Gedanken. Ich glaube, dass ich mich in André verliebt habe. Doch es würde nicht funktionieren. André will in Florenz Malerei studieren. Er hat seine Pläne. Und ich habe keine Lust auf eine Fernbeziehung. So etwas geht nie gut, jedenfalls nicht lange.

Was denke ich da wieder für einen Unsinn? An eine Beziehung, die es gar nicht gibt und vermutlich nie geben wird.

Jedenfalls habe ich riesiges Glück, denn André hat mich nicht einfach nur in Genua abgesetzt, sondern mich in diese traumhaft schöne Villa gebracht, ins Haus seiner Schwester.

Es regnet. Wir wollen in einem Café in der Stadt frühstücken. André fährt so sicher durch das Gewirr der dunklen Straßen, dass mir klar wird, er besucht seine Schwester viel öfter als ich meine.

Die Gaststube ist klein, statt Stühle gibt es eine Art Hocker ohne Lehne. Zuerst glaube ich, dies sei unbequem, doch mein Gipsbein kann ich ausgestreckt lassen und trotzdem sitzen. Ich lasse André wählen. Es gibt nur Süßes, das ganz hervorragend schmeckt und dazu genial guten Kaffee.

Die wenigen Leute ringsum reden laut und lebhaft. Für mich klingt das wie Musik. Ich lausche verzückt.

Basti hätte sofort nach den Rezepten der verschiedenen Cremespeisen und Marmeladen gefragt.

Basti! Er hat sich nicht mehr gemeldet, nachdem ich ihm eine SMS über meinen Unfall schickte. Habe ich mein Handy überhaupt angeschaltet? Ich krame in meiner Tasche und kann es nicht finden. Das Krankenhaus! Ich habe es im Krankenhaus vergessen. Ich wühle immer hektischer.

„Was ist?", will André wissen.

„Mein Handy! Mein Handy ist weg. Ich habe es im Krankenhaus vergessen."

André schüttelt den Kopf. „Schau in Ruhe nach!"

„Hab ich! Ich habe alles durchsucht. Es ist weg!"

André legt mir seine Hand auf den Arm. „Warte! Ich helfe dir."

Als er den Inhalt meiner Tasche auf den Tisch schütten will, reiße ich sie ihm aus der Hand. „Nicht!"

Ich nehme die Tasche auf den Schoß und ordne alles so, wie ich es haben will. Doch das Fach für das Handy ist und bleibt leer. Schließlich finde ich es in der Innentasche meines Anoraks. Doch es lässt sich nicht einschalten.

André lacht über mein bestürztes Gesicht. „Es ist nichts passiert. Wir können es im Auto oder daheim aufladen."

Daheim. Natürlich fühlt sich André hier daheim. Er ist Italiener, Halb-Italiener. Doch das bin ich auch. Vielleicht fühle ich mich deshalb so wohl hier. Vielleicht gehöre ich hierher. Zumindest eine Hälfte. Gibt es geteilte Menschen?

Als Kind litt ich unter Fernweh. Heute glaube ich, dass es eher Heimweh war. Die Sehnsucht nach einer Heimat. In meiner alten Heimat, in der ich aufgewachsen bin, habe ich kein Heim mehr, nur noch Erinnerungen, die mich nicht dorthin zurückrufen, denn es sind keine schönen Erinnerungen.

„Fühlst du dich geteilt?"

André schaut mich verwundert an.

„Ich meine, weil du doch zur Hälfte Deutscher und zur anderen Hälfte Italiener bist."

„Nein. Das war nie ein Problem für mich. Eher eine Bereicherung. Wir sind zweisprachig aufgewachsen und haben unsere Ferien hier in Italien verbracht. Unsere Großeltern leben leider nicht mehr, doch nun ist meine Schwester hier. Und ihre gesamte Familie."

Ich nicke und bin fast eifersüchtig auf so viel Glück. Eine Familie, bei der man zu jeder Zeit willkommen ist, habe ich mir immer gewünscht. Vielleicht habe ich Familie hier, die Familie meines Vaters. Ich weiß es nicht. Und ich weiß nicht, ob ich es herausfinden will. Es wäre zu enttäuschend, wenn sie nichts von mir wissen. Noch schlimmer wäre, wenn sie nichts mit mir zu tun haben wollen.

„Du schaust so bedrückt." André legt seine Hand auf meinen Arm. Seine Berührung fährt mir in den Kopf und gleichzeitig in die Beine. Sofort wird mir heiß. Was ist nur los mit mir?

„Was hast du?", fragt er.

„Ich dachte an meinen Vater, den italienischen."

André nickt. „Ich verstehe. Heute werde ich dir die Stadt zeigen, wenn du möchtest. Doch morgen können wir ins Dorf hinauf fahren und den Friedhof suchen."

„Portofino ist ganz in der Nähe. Wenn du willst,

fahren wir gleich hin", schlägt André vor.

Ich zucke mit der Schulter. Mir sagt der Name nichts.

„Du kennst die Perle der Welt nicht?"

„Perle der Welt? Ist das nicht übertrieben?"

André lacht. „Gefällt dir teuerstes Fischerdorf der Welt besser?"

Wenn André lacht, lache auch ich – gleichgültig, was er sagt. Sein Lachen steckt an und macht mich froh, direkt glücklich. Ich bin so übermäßig zufrieden, dass ich überhaupt keinen Wunsch mehr habe. Alles soll so bleiben wie es jetzt im Moment ist. Ich sitze mit André in einem Café in Rapallo und will nirgendwo anders sein. Nie mehr.

„Nein, das war eine dumme Idee." André schüttelt den Kopf. „Es gäbe nichts zu sehen, denn die Gasthöfe und Geschäfte sind alle geschlossen um diese Jahreszeit."

Ich strahle André an, obwohl es eigentlich gar keinen Grund dafür gibt. Allein seine Nähe ist Grund genug.

„Dann bleiben wir hier", schlage ich freudig vor.

„Ich habe eine bessere Idee", verkündet er und führt mich in einen kleinen dunklen Laden in der Nähe, in dem es unbeschreiblich lecker duftet. Hier gibt es Schokolade, handgefertigte Pralinen, kandierte Früchte und verschiedene Marmelade – alles in riesiger Auswahl. Ich darf hier und da kosten, eine Praline und eine kandierte rote Beere probieren und bin begeistert.

„Was soll ich kaufen?", frage ich etwas hilflos.

„Lass mich das machen!"

André hält meinen Arm und lacht mich an. Am liebsten hätte ich ihn jetzt und hier mitten im Laden geküsst.

Später sitzen wir in einem flachen Gebäude an einem schmalen Tisch für zwei Personen und können den Hafen sehen. Die Leute laufen eilig am Haus vorbei, es sind keine Touristen. Die Sonne kommt hervor und teilt unseren Tisch. André sitzt im Schatten, ich im Licht.

„Ich sehe deine Augen nicht", bedaure ich.

„Aber ich sehe, dass du lachst."

„Tatsächlich?"

„Mein Name bedeutet *die Verliebte*", platze ich heraus und komme mir plötzlich albern und ziemlich plump vor. Mein Gesicht brennt. Sicher bin ich wieder rot wie ein Lampion. Schnell setzte ich nach: „Aber gleichzeitig bedeutet er *die Verbitterte.*"

Ich sehe André an, dass er mir nicht glaubt. Das verstehe ich gut, denn mir ging es ebenso. Deshalb hole ich zu einer Erklärung aus.

„Ich habe im Internet nachgesehen. Im Französischen ist Marion die Koseform von

Maria."

„Maria", wiederholt André und schaut mich an. Seine Augen sind so dunkel, fast schwarz – und doch habe ich das Gefühl, weit in sie hineinschauen zu können wie in einen tiefen See. Ein alberner Gedanke. Ich war noch nie romantisch veranlagt und denke jetzt solchen Unsinn. Ich reiße mich von den Augen los, schaue auf die Tischkante und spreche hastig weiter: „Aus dem Aramäischen bedeutet es Bitterkeit oder die Verbitterung. Und die Ägypter leiten es von der Geliebten ab."

Irgendwie fühle ich mich wie außer Atem.

„Seltsam", murmelt André.

„Ja, seltsam", wiederhole ich. „Es kann auch als die Widerspenstige oder sogar Stern des Meeres übersetzt werden."

„Das soll mal einer verstehen", brummt André.

Das bringt mich wieder zum lachen und macht mich etwas lockerer.

„Ich habe mich auch gewundert. Doch heute bin ich ganz zufrieden damit."

„Stern des Meeres", murmelt André. „Das gefällt mir gut."

Er schaut mich ernst an und mir ist wieder heiß und kalt gleichzeitig. Neben ihm finde ich alles schön, sogar das Meer.

„Das Meer ist hier so schön", schwärme ich laut.

„Ist das Meer nicht überall schön?"

Soll ich ihm sagen, dass ich das Meer überhaupt nicht mag? Mit André an meiner Seite könnte ich mir allerdings vorstellen, dass mir das Meer gefällt, vielleicht sogar das kalte und stürmische im Norden. So Hand in Hand mit nackten Füßen am Strand spazieren gehen ...

„Meine Familie mag das Meer."

„Du nicht?"

Ich schüttle den Kopf.

Der Kellner bringt uns Spaghetti mit Meeresfrüchten. Meinen Wein habe ich bereits leergetrunken und lasse mir nachschenken.

„Marion. Das ist ein schöner Name."

Ganz sicher, wenn André ihn ausspricht, so sanft mit seiner schönen Stimme. Noch niemals zuvor hat mein Name so wunderbar geklungen. Er schaut mich an und mir wird sofort wieder warm ums Herz.

„Ganz sicher ist mein Vorname Marion, weil mein Vater Mario hieß. Allerdings weiß ich nicht, ob meine Mutter eine Ahnung von den verschiedenen anderen Bedeutungen hatte."

„Verbitterung." André schüttelt den Kopf. „Du sollst nie verbittert sein!" Er schaut mich an und flüstert: „Doch wenn du verliebt bist ..."

„Ja?"

André spricht nicht weiter, schaut mich einfach

nur an. Ich möchte versinken in seinen schwarzen Augen. Warum küsst er mich nicht? Ich komme ihm ein Stück entgegen – in diesem Moment schaut er zur Seite. So sieht er meine Enttäuschung nicht. Mein Herz hämmert.

Hat André eine Freundin? Erzählt hat er darüber nichts. Warum auch? Ich habe ihn nicht danach gefragt und werde ihn nicht danach fragen. Doch ich wüsste gern, ob er eine Freundin hat. Es ist wichtig für mich.
„Kennst du die Bedeutung deines Namens?", frage ich, als ich mich wieder gefasst habe.
Er nickt. „Der Männliche." Dabei winkelt er seinen linken Arm an und zeigt auf seine Muskeln.
„Beeindruckend! Wirklich." Ich muss lachen, weil er mich so ungläubig anschaut, als ob er nicht weiß, ob ich es ernst meine oder mich über ihn lustig mache.
Jedenfalls gefällt mir die Bedeutung seines Namens. Unserer Namen. Der Männliche und die Verliebte. Ich weiß nun sicher, dass ich in André verliebt bin. Und ich befürchte, dass ich mich damit absolut lächerlich mache. Denn ganz offensichtlich erwidert er meine Gefühle nicht. Auch, wenn er mich manchmal so innig anschaut, dass ich regelrecht dahinschmelze. Wahrscheinlich bilde ich mir das alles nur ein.

Pläne

„Dein Name hat so viele verschiedene Bedeutungen, meiner nur eine einzige. Auch der meiner Schwester. Martina ist *die Kämpferin.* Lege dich also nie mit ihr an!"

„Habe ich auch nicht vor."

André wirkt ernst. „Ich habe mit ihr gesprochen. Du kannst so lange hier bleiben, während ich in Florenz bin."

Erschrocken schaue ich ihn an. „Was willst du in Florenz?"

Er hat das Wintersemester verpasst und muss also gar nicht nach Florenz.

André runzelt die Stirn. Jetzt glaubt er sicher, ich will mich in sein Leben einmischen. Dazu habe ich kein Recht. Das weiß ich. Trotzdem möchte ich ihn gern bei mir behalten.

„Ich habe einen Kurs gebucht. Drei Wochen Malen und Besuche in Museen."

„Und wo wirst du wohnen?"

„In einer italienischen Familie. Das ist Teil des Programms. Gegenseitiges Kennenlernen der Kulturen, Teilhaben am alltäglichen Leben."

Ich nicke und verstehe gar nichts. André hat hier in Rapallo eine italienische Familie, seine Schwester malt. Das ist geballte Kunst und

Kultur vereint. Ich will nicht, dass er wegfährt. Schon der Gedanke daran, einen Tag ohne ihn ertragen zu müssen, versetzt mich in Panik. Besorgt schaue ich ihn an.

„Die Kultur steht über der Kunst. Darum geht es in diesem Kurs. Um Traditionen, Essen, Lieder, Tänze – das gesamte gesellschaftliche Leben."

Ich nicke. Doch was weiß ich schon davon? Plötzlich scheint mir mein Leben im Hotel nicht mehr so behütet und angenehm wie bisher. Es kommt mir so begrenzt vor. Ich kenne gar nichts anderes als meine Arbeit im Hotel. Ich arbeite und schlafe in diesem Haus. Doch ist das das Leben?

„Und das geht nur in Florenz?"

André nickt. „Florenz ist die Kunsthauptstadt Europas, vielleicht sogar der ganzen Welt. Es gibt unzählige Museen und Kirchen mit herrlicher Decken- und Wandmalerei."

Davon verstehe ich nichts.

„Zur Zeit werden in der Alten Pinakothek mehr als hundert Werke der berühmten Florentiner Maler von Giotto bis Leonardo da Vinci ausgestellt. Das will ich mir unbedingt ansehen."

André erzählt so lebhaft von einer Kathedrale in dieser Stadt, dass er mich direkt ansteckt mit seiner Freude und ich meinen Kummer für einen Moment vergesse, allein hier zurückbleiben zu müssen.

Am liebsten würde ich mitkommen. Doch das geht nicht. Mit meinem Gipsbein kann ich nicht laufen und würde André nur behindern. Er hat seinen Plan.

Ich dagegen plane nicht. Meine Tage werden von der Hotelchefin geplant, der Urlaub von Basti. Doch im Moment scheint mir das alles so unwirklich wie ein Traum und so unendlich weit weg wie Basti selbst.

Als mein Handy wieder funktioniert, sehe ich, dass mir Basti zwölf SMS geschickt hat. „Wie geht es Dir?", „Alles in Ordnung?" bis zu „Melde Dich endlich!!!"

Ich habe sofort ein schlechtes Gewissen, ihn so in Sorge versetzt und in Ungewissheit gelassen zu haben, und wähle seine Nummer.

„Bist du wieder im Hotel?", will ich wissen.

„Klar, übermorgen beginnt die Arbeit. Und du noch im Krankenhaus?"

Die Chefin wird ihm erzählt haben, dass mein Fuß gebrochen ist und ich gut zwei Monate ausfalle. Das muss ihn geschockt haben.

„Nein, ich bin in Italien." Ich bringe es nicht über die Lippen, Basti anzulügen. Es ist auch gar nicht nötig. Lügen sind eigentlich nie notwendig.

„Basti, mein liebster Freund, verzeih mir! Ich

habe dich total vergessen, weil ich verliebt bin. Verliebt bis über beide Ohren."

„Kenne ich den Glücklichen?" Seine Stimme klingt freundlich interessiert. Er ist mir also nicht böse.

„Bestimmt kennst du ihn. Er heißt André und ist Florians Freund."

Daraufhin sagt er nichts. Überlegt er so lange, ob er ihn kennt? Oder mag er ihn nicht? Doch eigentlich ist es mir gleichgültig, ob er ihn mag. Ob er ihn mag? Ist André vielleicht schwul wie Basti? Das würde zumindest erklären, warum er mich nicht küsst.

„Klar kenne ich ihn. Er sieht aus wie ein Bruder von dir. Die gleichen schwarzen Locken."

Ich höre einen tiefen Seufzer.

„Basti, ist er schwul?"

„Was?"

„Steht er auf Männer wie du?"

Wieder lässt er mich viel zu lange auf eine Antwort warten. Vielleicht überlegt er, wie er es mir schonend beibringen soll.

„Sag was!", flehe ich ihn an.

„Wie kommst du darauf?"

„Er hat mich noch nicht geküsst, verstehst du?" Ich denke an die vielen Gelegenheiten, in denen ein Kuss gepasst hätte.

„Verstehe. André ist eben nicht Flo, die beiden sind grundverschieden."

Im Vergleich zu André wirkt Florian distanziert. Das habe ich so nicht empfunden, als wir noch zusammen waren.

„Ich weiß. André ist anders als Florian. Ganz anders. Immerzu muss ich an ihn denken."

„Und du liebst ihn? Jetzt schon?"

„Vom ersten Augenblick an. Ich möchte immer in seiner Nähe sein, doch er weiß es nicht."

„Was weiß er nicht?"

„Er weiß nicht, dass ich ihn liebe."

„Dann sag es ihm!"

„Und wenn er mich gar nicht will?"

Allein die Vorstellung versetzt mich in Panik.

„Dann weißt du es eben."

Basti klingt kühl. Merkt er nicht, wie verzweifelt ich bin?

„Hat er eine Freundin?", frage ich schnell.

Wieder ist es still am anderen Ende der Leitung und ich fürchte, dass ich gleich das hören werde, was ich auf gar keinen Fall hören will.

„Keine Ahnung. Wir sehen uns kaum."

Nun weiß ich nicht mehr als vorher. Schon wieder steigen mir die Tränen in die Augen, obwohl Basti nichts schlimmes gesagt hat. Er kann mir ohnehin nicht helfen. Ich räuspere mich und versuche, ganz normal zu klingen.

„Er bringt mich morgen zum Grab meines Vaters. Zum Weihnachtsfest bin ich wieder zurück im Hotel."

Ich lege auf, obwohl ich ihm nichts von der Schachtel erzählt habe. Und nach seinem Urlaub und den neuen Freund habe ich auch nicht gefragt. Mir schwirrt immer nur André durch den Kopf.

André kenne ich erst wenige Tage, Stunden genau genommen. Und doch habe ich das Gefühl von Nähe und einer angenehmen Vertrautheit. Ich spüre, dass alles in Ordnung ist, wenn ich bei ihm bin.
Doch warum küsst er mich nicht? Ich sehne mich nach einer Umarmung. Ich will seinen Körper berühren, überall. Doch leider fühlt er nicht das gleiche wie ich. Er schaut mich sonderbar an, so, als wolle er bis auf den Grund meines Herzens sehen. Und doch küsst er mich nicht.
Ich verlasse mein Zimmer und stehe plötzlich vor André. Hat er gelauscht? Wie viel kann er von meiner Schwärmerei gehört haben? Sicher hält er mich jetzt für eine alberne Gans. Mir ist das schrecklich peinlich und ich betrachte konzentriert mein Gipsbein, obwohl es dort gar nichts zu sehen gibt.
„Sieh mich an!"
Langsam hebe ich meinen Kopf und schaue in sehr ernste dunkle Augen. Am liebsten würde ich jetzt in seine Arme kriechen. Noch lieber

wäre mir, wenn er mich jetzt küsst. Doch dazu müsste André ebenso fühlen wie ich.

„Es geht nicht. Flo ist mein Freund."

„Was geht nicht?"

André dreht sich um und geht zur Treppe.

„Kommst du? Ich helfe dir", höre ich ihn sagen. Seine Stimme klingt seltsam fremd.

„Was geht nicht?", wiederhole ich meine Frage.

„Ich mag Flo." Das klingt, als würde diese kurze Bemerkung alles erklären. Doch ich verstehe nicht, was André mir damit sagen will. Ich zucke mit der Schulter und brumme: „Ich mag ihn auch."

„Und doch schaust du, als ob du ..."

„Als ob ich was?"

„Als ob er dir gleichgültig ist."

„Weshalb sollte er mir gleichgültig sein?"

„Weil du ..."

André spricht nicht weiter. Er winkt ab und geht die Treppe hinunter. Allein. Ich humple hinterher. Ich begreife nicht, was er mir vorwirft und grüble darüber auf dem Weg zu Martinas Haus nach.

Ihr Mann steht mit ausgebreiteten Armen vor dem gedeckten Tisch und heißt uns willkommen. Die Mädchen begrüßen mich ausgesprochen freundlich und umarmen danach stürmisch André. Ich fühle mich sofort geborgen und vergesse im gleichen Augenblick das seltsame Gespräch.

Es gibt eine Fischsuppe und dazu Fladenbrot aus Kichererbsen und einen Weißwein, hinterher einen mit Marmelade gefüllten Kuchen.

Und wieder wird lebhaft geredet und diskutiert.

„Du sprichst nicht so gern?", fragt Martina.

Ich zucke mit der Schulter. „Bei uns daheim wurde nicht gesprochen."

„Nicht? Wie geht das? Ich brauche das. Ich lebe in der Welt der Wechselrede."

„Auch bei der Arbeit habe ich keine Gelegenheit zum Reden."

Nur mit Basti kann ich lange reden, doch davon erzähle ich nicht.

„Was arbeitest du?", will Martina wissen.

„Ich arbeite in einem Hotel in der Nähe vom Ammersee."

„Oh! Dann kannst du überall auf der Welt arbeiten. Auch hier."

Das ist mir klar. Doch was will Martina mir damit sagen?

„André geht nach Florenz, das ist nur gut zwei Autostunden von hier entfernt. Ihr könntet euch hier niederlassen."

Ich nicke und schaue hilfesuchend zu André. Glaubt Martina, wir sind ein Paar?

„Wir könnten, aber wir wollen nicht." André sagt

das fast bissig. Er schaut mich nicht an dabei.

„Warum nicht? Denkt darüber nach!" Martina lacht und zwinkert mir zu.

„Mit meinem kaputten Fuß kann ich jetzt nicht planen."

„Ach, so meint ihr das."

Martina wirkt erleichtert. Sie hat keine Ahnung. Mein einziger Plan ist, André so nahe wie nur möglich zu sein. Während der nächsten drei Wochen wird das nicht funktionieren, denn er geht nach Florenz und ich kann nicht mit.

André schaut mich an. So, als ob ich jetzt etwas sagen sollte. Ich weiß nicht, was ich sagen soll. Und das, was ich sagen will, sage ich lieber nicht. Obwohl mir klar ist, das das Ungesagte alles schwieriger machen würde, was ich vielleicht später sagen würde. Ich lächle etwas verlegen.

„In spätestens vier Wochen wollen wir zurückfahren, um rechtzeitig zum Weihnachtsfest daheim zu sein", erklärt André.

Daheim. Wo ist mein Zuhause? Da, wo ich aufgewachsen bin, will ich nicht mehr sein. Und da, wo ich seit fast fünfzehn Jahren wohne, ist ein Hotel, das gar kein Zuhause sein kann. Ich habe keinen Platz, der ein Zuhause ist.

Die Mädchen protestieren. Sie sind enttäuscht, dass wir nicht länger hierbleiben, was mich rührt. Doch Martina und ihr Mann verstehen das.

André will zurück an den Ammersee, zu seinen Eltern, mit denen er gemeinsam die Feiertage verbringt. Und danach? Wird er in München oder Florenz Kunst studieren? Oder sucht er sich eine Arbeit als Grafikdesigner? Habe ich einen Platz in seinen Plänen?

Alle plappern munter durcheinander, während ich daran denken muss, dass André bereits übermorgen abreist. Ich fühle mich heute schon verlassen und richtig elend.

Auch André schweigt und schaut wie abwesend auf den Tisch. Dann blickt er auf und sagt: „Es ist nicht so wie ihr denkt. Ich bin nicht Marions Freund. Wir haben uns vor drei Tagen zufällig kennengelernt, als Flo sie im Krankenhaus besuchte. Flo ist mein bester Freund und Marions Verlobter."

„Was?"

Meine Wangen brennen. Wer sagt, dass ich mit Florian verlobt bin? Das ist alles nicht wahr. Ich muss das klären, doch ich weiß nicht, wie ich die richtigen Worte finden soll. Mir fällt so viel auf einmal ein, was ich unbedingt sagen muss, dass ich erst einmal überhaupt nichts sage. Mein Schweigen dauert viel zu lange. Ich weiß das.

„Viola! Sofia! Helft mir beim Tisch abräumen!"

Martina steht auf und macht den Mädchen mit der Hand Zeichen, es ihr gleichzutun. Sie drückt jeder einen Teller in die Hand und scheucht sie hinaus in die Küche.

„Ihr habt morgen viel vor. Wir sollten also den Abend nicht unnötig ausdehnen."

Ich verstehe den Wink und schiebe meinen Stuhl zurück. Dabei fällt meine Krücke um und poltert auf die Fliesen. André hebt sie auf und drückt sie mir in die Hand, ohne mich anzusehen.

„André."

Endlich schaut er mich an.

„Ich bin nicht verlobt. Florian wollte mich heiraten, doch ich habe seinen Antrag abgelehnt. Wir sind seitdem nicht mehr zusammen."

André runzelt die Stirn. Ich sehe, wie schwer er atmet und wie sehr er mit sich ringt. Vermutlich glaubt er mir nicht. Doch mehr kann ich nicht tun, als ihm die Wahrheit zu sagen. Ich begreife nicht, wieso er das nicht weiß. Immerhin ist er Florians Freund. Haben sie nie darüber gesprochen?

Schweigend gehen wir hinüber zur Villa und steigen ebenso schweigend die Treppen zu unseren Zimmern hinauf. Vor meiner Tür bleibe ich stehen und greife nach seinem Arm. Mir ist entsetzlich kalt und zum Heulen zumute.

André steht dicht vor mir. Mit einer Hand stützt er meinen Ellenbogen, mit der anderen streicht er mein Haar zurück und legt sie in meinen Nacken. Mir ist plötzlich heiß und gleichzeitig spüre ich Gänsehaut am ganzen Körper. Dann zieht er ganz langsam meinen Kopf näher, beugt sich ein wenig herunter und küsst mich.

Es ist kein leidenschaftlicher Kuss. Mir kommt es so vor, als ob jetzt alles in Ordnung ist, so, wie es sein soll und wie es immer bleiben wird.

„Es ist gut. Bis morgen."

André dreht sich um und geht hinüber in sein Zimmer. Ich bin nicht enttäuscht, nur dieses Ziehen im Bauch ist wieder da.

Morgen fahren wir in das Bergdorf, in dem mein Vater begraben ist. Plötzlich halte ich es für absurd, nach diesem Grab zu suchen. Vielleicht gibt es längst keins mehr. In Deutschland beträgt das Nutzungsrecht auf den Friedhöfen zwanzig Jahre, maximal dreißig. Mein Vater ist vor 32 Jahren gestorben. Es kann also kein Grab mehr geben. Warum habe ich nicht schon früher daran gedacht?

Ich humple ans Fenster und öffne die Terrassentür. Kalt strömt die Nacht ins Zimmer. Ich bleibe trotzdem stehen. Ich mag die Dunkelheit nicht, doch ich mag die Nächte. Sie klingen ganz anders als die Tage, sogar die Stille hat einen ganz anderen Klang. Es ist seltsam, wie die Stille die Stimmung verändert und dass man ihr direkt ergriffen lauscht.

Ich denke an André und an den Kuss. Solch einen ruhigen, innigen Kuss kannte ich bisher nicht. Ich bin kein typischer Küsser, ich brauche das nicht. Auch Florian küsste mich nur am Anfang unserer Beziehung. Er küsste gierig. So wie in manchen Filmen, wenn die Leute wie Tiere übereinander herfallen.
In einem dieser Filme küsste sich ein Paar an der Haustür. Plötzlich zerrten sie sich hektisch die Kleider vom Leib und stürzten eine Treppe hoch, immer über die Sachen stolpernd und wären fast schon im Flur übereinander hergefallen. Er warf sie grob gegen die Wand und riss an ihrer Wäsche, während sie ihm in die Hose fasste, die ihm ohnehin schon halb in den Knien hing. Sie krochen keuchend durch die Wohnung, ohne das Bett zu finden. Solch eine übertriebene Gier hat nichts mit Liebe zu tun.
Bei André packt mich keine Gier, viel mehr Sehnsucht, die schmerzhaft im Unterleib zieht. Solche Gefühle hatte ich für Florian nie. Ich bin mir jetzt absolut sicher, mich in André verliebt zu haben. Es ist so leicht, sich zu verlieben. Es

ist das Leichteste auf der ganzen Welt.

Ich schließe die Terrassentür und lege mich ins Bett. Wie ein Geist spaziert André durch meine Gedanken. Lieber wäre mir, er käme jetzt zur Tür herein und würde mich fest in seinen Arm nehmen. Ich sehne mich nach seiner Umarmung und stelle mir vor, wie er mich zärtlich küsst.

Es sind dumme Gedanken. Ich sollte endlich schlafen. Das gleichmäßige Rauschen des Regens beruhigt, doch das Klacken der Heizung geht mir auf die Nerven. Ich finde keine Ruhe und schon gar keinen Schlaf.

Ich wünsche mir einen schönen Traum, einen Traum von André. Natürlich weiß ich, dass Träume gefährlich sein können. Man ist am Morgen längst wach und hängt mit seinen Gedanken noch immer an seinem Traum fest. Dann erkennt man die Realität nicht mehr. Doch für jeden ist etwas anderes real, weil man eben auch mit dem Herzen sieht und das eigene Hirn andere Dinge erkennt als das anderer Leute.

Unterwegs

Zehn Uhr will mich André abholen. Wie spät ist es? Vor nicht einmal einer Minute habe ich auf die Uhr geschaut und weiß schon nicht mehr, wie spät es ist. Früher, als ich noch keine Uhr hatte, wusste ich die Zeit immer.

Wir wollen das Grab meines Vaters aufsuchen und vorher schnell noch Blumen besorgen. Martina kennt den Ort nicht, obwohl er nicht weit entfernt in den Bergen liegt. Trotzdem kann die Fahrt länger dauern als vermutet, falls die Hänge durch den vielen Regen der letzten Tage aufgeweicht sind.

Wir fahren zuerst ein Flusstal entlang, durch hügelige Wälder hinauf mit wunderschönen Ausblicken auf das Meer und grüne Berge.

„Du solltest deiner Mutter verzeihen", sagt André unvermittelt.

„Vielleicht kann ich das eines Tages. Im Moment bin ich zufrieden damit, meinen Frieden gefunden zu haben. Ich denke nicht lange an Personen, die mich verletzt haben. Doch ich denke viel an Felix, an meine Schuld."

„Das ist nicht gut. Auch dir musst du verzeihen. Du hattest keine andere Wahl."

„Man hat immer eine Wahl", zische ich verärgert.

„Und du hast die eine Möglichkeit gewählt, die für dich damals machbar war."

„Ich weiß. Es ist vorbei und doch wird es nie wirklich vorbei sein."

„Mit der Wahl ist es so eine Sache." André runzelt die Stirn und denkt offenbar nach. „Hast du nur zwei Möglichkeiten, ist es leichter, als wenn es zu viele Wahlmöglichkeiten gibt. Das irritiert nur."

So gesehen hat André recht. Ich weiß nur nicht, ob er dabei an seine Arbeit denkt, an seine Zukunft, wo ihm viele Möglichkeiten offen stehen. Ich wüsste gern, ob ich in seinen Plänen vorkomme.

Unvermittelt wird die Straße eng und führt steil und kurvig hinauf in die Berge. Ich mag die Berge sehr, aber hier kommen sie mir gefährlich vor. Zum Glück hört man den Gegenverkehr schon von weitem, denn die Autos hupen vor jeder Kurve. Auch André passt sich an und hupt sich vorwärts. Ich bin froh, diese Strecke wegen meines Gipsbeins nicht selbst fahren zu müssen.

Wir kommen nur langsam vorwärts, zumal von den Hängen brauner Schlamm mit Steinen bis mitten auf die Straße suppt.

Plötzlich stehen wir vor einer Bake – die Straße ist gesperrt. Ein Wenden ist völlig unmöglich, weil die Straße viel zu schmal ist. Außerdem liegt Geröll vermischt mit Schlamm auf der linken Straßenseite und rechts befindet sich eine Mauer aus Feldsteinen.

André steigt aus und geht einige Schritte die Straße weiter. Ich sehe, wie er stehen bleibt und besorgt nach oben schaut. Dann hellt sich sein Gesicht auf und er kommt schnell zurück, dicht gefolgt von einem Auto. Der Fahrer kurbelt das Fenster herunter und ruft: „Via libera!"

„Freie Fahrt!", übersetzt André.

Wir sind erleichtert. Vorsichtig manövriert er das Auto an der Bake und dem Geröllhaufen vorbei. Ich falte sicherheitshalber meine Hände und schicke ein Stoßgebet zum Himmel, doch die Straße ist tatsächlich frei und war nur an der Stelle mit der Bake von Geröll belegt.

Eine halbe Stunde später erreichen wir das kleine Bergdorf und finden leicht den Friedhof. André hilft mir beim Aussteigen, reicht mir die Krücke und öffnet das eiserne Tor. Dann schiebt er mich sanft durch das Eingangsportal und zieht sich diskret zurück.

Vater

„Hallo, Vater", murmle ich, als ich endlich das Grab gefunden habe und etwas verlegen mit meinem Blumenstrauß davor stehe. Dieser seltsame Friedhof irritiert mich. Es gibt keinen einzigen Baum, keinen Grashalm, nur einige wenige Gräber mit einer weißen Platte obenauf, dazwischen weiße Schotterwege. Ringsum sind hohe Mauern voller Namensschilder, einige mit kleinen Plastikvasen, in denen Kunstblumen stecken. Wohin also mit meinem großen Strauß Chrysanthemen?

Mario Mondetti lese ich. Darunter Geburts- und Todesdatum. Er ist im gleichen Jahr gestorben, in dem ich geboren wurde und nur 24 Jahre alt geworden. Neben dem Namen ist ein Foto in einem ovalen Goldrahmen eingelassen. So sah er also aus, mein Vater: schwarze Locken, schwarze Augen, ein schmaler Mund und eine etwas kantige Nase. Wie ich.

Nachsatz

Hinter die Plastikvase stecke ich meinen Zettel, den ich in der Nacht geschrieben habe.

Il mio nome è Marion. Ho 32 anni e vivo in Germania.

Mein Name, Alter und die Handynummer sollten genügen. Ich lege meine Blumen einfach unten an der Mauer ab, fotografiere die Platte mit den Daten meines Vaters und verlasse den Friedhof.

Weitere Veröffentlichungen von Petra Weise:

Interessante Erinnerungen aus dem ungewöhnlichen Leben der Autorin gibt es in **„Ein halbes Leben"** und den Fortsetzungen **„Ein ganz anderes Leben"** und **„Das Leben geht weiter"**.

„Farbige Geschichten." Hier dreht sich in 29 lustigen, traurigen, dramatischen oder alltäglichen Kurzgeschichten alles um Farben.

„Liebeslügen oder der ganz normale Wahnsinn" bietet 15 spannende Geschichten über die Liebe - wahre Liebe, vorgespielte Liebe, enttäuschte Liebe, betrogene Liebe.

„Mein Hund Benno – tierische Begegnungen" ist ein unterhaltsamer Roman über die Abenteuer der beiden komplett verschiedenen Familienhunde der Autorin.

„Eine verhängnisvolle Diagnose und 14 weitere Kurzgeschichten" erzählen aus dem oft gar nicht alltäglichen Alltag der Autorin während der 80er Jahre.

Außerdem sind zahlreiche Kurzgeschichten von Petra Weise in verschiedenen Anthologien veröffentlicht.

autorinpetraweise.de
fb.me/AutorinPetraWeise